신애의 들꽃정원

하신애 지음

도서출판
소락원

들어가는 말

우리네 인생을 만남의 연속이라 하지요. 첫째는 이 세상을 창조하신 하나님과 영적인 만남입니다. 이 만남은 현재뿐 아니라 영원까지 이르기에 가장 중요한 만남입니다. 둘째는 부모님, 형제자매, 배우자, 친구, 이웃과의 만남입니다. 세상의 만남이 중요하지만 배우자는 인생의 동반자이면서 각자의 인생에 영향력을 미치기에 더욱 중요한 만남입니다.

하나님의 언약을 무지개로 보여주신 것처럼 내 남은 삶도 아름다운 무지개처럼 살아가길 바라는 마음으로 지나온 만남의 이야기들을 하나씩 풀어놓으려 합니다.

나에게 처한 가혹한 현실 앞에 아픔과 후회도 있었지만, 이 모든 것이 하나님의 계획하심이라고 생각하기까지는 수많은 세월이 지난 후였습니다. 내 나이 벌써 고희가 되었습니다. 회갑 때 에세이집 《그리움을 머금은 들꽃》을 출간한 지 벌써 10년이 되어갑니다.

그때는 일기장에 쓴 글을 여과 없이 적다 보니 쑥스럽기도 했습니다. 이제 내 기억 속에 머물고 있는 순간순간을 아련히 떠올리며 차근차근 지금까지 내 삶의 이야기들을 써보려 합니다.

첫사랑의 달콤한 이야기로부터 70년 인생 여정에서 일어난 일과 때론 여행하면서 느낀 감성까지 꾸밈없이 쓰고자 합니다. 저의 과거가 현재를 만들었듯 현재가 미래까지도 영향을 주리라 생각해 보며 훗날 '신애야 너 참 잘 살아왔구나'라는 고백의 말을 나 자신에게 기대해 봅니다. 지금까지 희로애락을 함께한 사랑하는 가족이 있습니다.

언제나 다정한 친구 같은 큰딸 지선이와 듬직한 사위 정우, 정이 많은 막내딸 미라와 보석 같은 외손주 원석, 우석이. 이렇게 사랑하는 자녀들이 언제나 위로와 의지가 되어 주었음에 "얘들아, 정말 고맙다"라고 말해주고 싶습니다.

특별히 믿음의 장로님 하상헌, 하상교 두 오라버니와 올케 언니들 그리고 지금은 하나님 품에 계신 큰 언니 하상분 권사님의 나를 향한 중보기도 진심으로 감사를 드립니다.

그리고 나에게 영적으로 힘이 되어주신 분들이 계십니다. 나를 사역자로 키우려 애쓰신 청주 서남교회 김원영 원로목사님과 신학교 생활 동안 영적인 말씀과 기도로 힘을 주신 정동범 원장목사님, 사역지 수목원교회에서 힘들 때마다 위로와 공감을 주신 최순길 목사님께 진심으로 감사를 드립니다.

끝으로 주님이 부르시는 그날까지 영육 간 강건한 모습으로 살기를 소망하며 팔순 기념으로 출간할 삶의 또 다른 이야기들을 기대해 봅니다.

2024년 깊어 가는 가을
하신애 씀

추천의 글

불과 얼마 전에 《그리움을 머금은 들꽃》이 세상에 피어난 줄 알았는데 그때가 그대의 회갑 때이러니, 이젠 10년이 지나 칠순이 되었다고 그대만이 품고 있는 또 하나의 보고가 태어났군요. 그간 교회에서, 사회에서, 국가에서 그리고 가까운 이웃과 가족들, 두 딸과 손주들에게 있었던 일들의 순간순간을 엮어 가는가 했는데 이젠 주렁주렁 멋있는 그리고 맛있는 내용의 열매가 맺혀있군요.

회갑 때에 나온 《그리움을 머금은 들꽃》에서 '내 남은 인생은'이란 대목에 나를 울컥하게 한 부분이 생각나는군요. "그동안 크게 울어 보지도 웃어 보지도 못하면서 살아왔다." 그래서 지금 펴낸 그대의 글에는 그러한 일들을 실컷 울어도 보고 웃어도 보면서 맺은 열매인 듯합니다.

이젠 칠순을 차근차근히 쌓아가는 담처럼 살아갈 터인데 무슨 일에든 마음껏 웃으며 살아 보시지요. 이는 성경의 '항상 기뼈하라'는 말씀이 아니겠습니까? 거의 10년을 함께 주님의 일을 해 오던 것을 생각하면, 항상 성실하고 최선을 다해온 모습을 잊을 수 없습니다.

어느 해엔, 교회 내 체육대회에서 막간을 이용하여 남녀 편을 나누어 팔씨름을 하게 되었는데 여성 전체의 우승자가 되어 팔 힘이 가장 센 여인이 되었지만, 그 후 며칠 동안 팔을 아파하던 일, 그리고 교회에서 있었던 탁구 시합에서도 여성의 우승자가 되어 기뻐하던 일 등 무엇을 하든지 최선을 다하던 모습이 생각납니다. 그간 몸도 마음도 생활도 그리 녹녹지 않으면서도 욕심 없이 살아온 저자의 삶이 더 값지고 멋있어 보입니다.

함께 대화하다 보면 6·25 사변, 5·16 혁명 등 많은 역사적인 사건들을 마치 자신이 직접 경험한 것처럼 시대를 초월한 대화는 자신에게 윗 형제자매가 많이 있어 그 많은 세대를 넘나들 수 있었나 봅니다.

틈틈이 써 내려간 글들이 읽는 이들로 마음에 잔잔한 감동을 넣어주면서 오히려 눈물로 새겨보며 한 여인의 삶을, 그의 인생을 생각하며 가치 있는 일에서 어렴풋이 재능을 나타낸 글을 통하여 자신의 의미를 새롭게 발견하게 될 것이라 생각됩니다.

그리고 보면 이 글은 《안네의 일기》와 같이 현실을 바라보는 맑은 눈으로 써 내려 간 작으나 작지 않은 일들을 적으면서 감동을 주는 책이라 사료됩니다. 특별히 오늘날 요동치는 좌경의 극렬한 몸부림에 흔들리는 나라를 사랑하고 염려하는 마음이 지극하여 어떤 때는 비가 오고 눈이 와도 그리고 편찮은 몸이면서도 이승만 광장으로 태극기를 들고 나가며 함께 가시지 않겠느냐고 하던 모습을 새겨봅니다.

저자는 참으로 나라를 사랑하고 조금이나마 힘이 된다면 태극기를 들고 나아가는 칠순의 유관순입니다. 이젠 나라와 민족을 위해 그리고 사랑하는 큰딸의 가정과 아직도 엄마와 함께하는 둘째의 일을 위해 주 하나님께 간절히 기도하는 모습을 상상하며 추천서를 쓸 수 있도록 하여 주심에 감사드립니다.

최순길 원로목사

CONTENTS

1. 인생 1막의 여정들

첫사랑

―

목련화가 흐드러지게 핀 사월의 어느 날, 내 가슴은 왜 그리 떨리는지. 두근두근 콩닥콩닥 진정이 되지 않는다. 햇살에 비추는 하얀 목련 잎이 살포시 얼굴을 내밀 듯이 천천히 심호흡을 하면서 감정의 평정을 찾아보았다.

누군가가 나에게 사랑의 고백을 한 것도 아닌데, 나 스스로 얼굴이 붉어지며 내 감정을 주체할 수가 없었다. 어찌 이런 일이! 얼마 전 근무하는 사무실에서 공적인 업무만 했을 뿐인데 무엇보다 그가 나를 개인적으로 만나러 오는 것도 아니었는데, 격한 감정에 나 스스로 놀랄 수밖에 없었다.

혹시 내가 짝사랑하는 건가? 나 자신도 알 수 없는 일이었다. 내가 외롭게 자란 것도 아니고 오라버니가 4분이나 계신데, 이성에 가슴이 떨리기는 처음이었다. 그 사람을 보기 전 나에게 호감을 가지고 접근하는 사람들이 있었다. 직접 데이트 신청하는 사람도 있었고, 느끼하게 치근대던 사람도 교양 있게 다가오는 사람도 있었다.

그러나 이렇게 가슴이 떨려본 적은 처음이었다. 몇 달이 지난 어느 날, 그가 다른 지역으로 발령이 났다는 소식을 들었다. 그 순간 내 마음이 왜 이리 낙심이 되는지 일이 손에 잡히질 않았지만, 내 감정을 잘 참아내며 아무렇지도 않은 듯 일에만 열중하였다.

그저 지나가는 바람(?)이겠거니 생각하면서…. 그러나 참으로 인연이란 묘한 것인가 보다. 그가 그렇게 떠난 지 일 년이 훌쩍 지난 어느 날이었다. 우연찮게 길에서 그를 다시 만났다. 처음 같은 떨림의 감정은 아니었지만, 무언가 나의 마음을 끌고 가는 듯했다.

그도 나를 보면서 반가워하는 모습이 얼굴에서 흐른다. 이렇게 그와의 만남이 시작되었다. 잘생긴 것도 키가 큰 것도 아닌 그저 순수한 청년으로 수많은 청년들이 바라는 결혼 조건 안에 들지는 않았지만, 진실한 사랑에는 어떠한 외적 조건이 있어서는 안 된다는 나의 때 묻지 않은 순수함 때문인지 자연스럽게 만남이 이루어지고 있었다.

초가을 어느 날, 처음으로 데이트 신청을 받았다. 월미도에서 작약도를 향하는 선상에는 청춘남녀들로 가득 차 있었다. 진한 스킨십을 하는 그들을 보면서 순진한 나는 눈길을 어디다 두어야 할지 몰랐다. 지금까지 손 한 번 잡아보지 못한 나로서는 이 상황이 당황스러울 뿐이었다.

　나는 애써 못 본척하면서 그 자리를 피하고자 집으로 돌아가자고 했다. 그도 이 상황이 어색했는지 고집을 부리지는 않았다. 인천에서 수원으로 향하는 고속버스에 나란히 앉아 말없이 가는데 갑자기 그의 손이 내 손을 슬그머니 잡는다. 그 순간 내 가슴은 쿵쾅쿵쾅 내 얼굴은 화끈화끈 거린다. 청춘남녀의 달아오른 감정은 시간이 지나도 식을 줄 모른다. 뜨거운 가슴을 진정시키기 위해 발걸음은 별이 총총한 수원자유공원으로 향하고 있었다.

　자유공원에는 벌써 어둠이 내리기 시작한다. 아무도 없는 텅 빈 공원에는 사랑의 불꽃만이 주위를 환하게 비추고 있었다. 아직까지 꼭 잡고 있는 손은 용광로처럼 뜨겁게 달구어지고 내 가슴은 마치 죄지은 사람처럼 두근두근 콩닥콩닥한다. 캄캄하고 적막한 공원에는 청춘남녀의 무언의 대화만이 찬 공기를 가르고 있었다. 지금까지 만남에서 느낄 수 없었던 처음으로 느끼는 감정이다.

　아마도 이 세상을 창조하신 하나님께서 주신 본능적인 느낌이지 싶다. 가치관과 삶의 습관이 서로 다른 사람이 만나 감정의 결합이 이루어짐이 신비롭다. 이 느낌 이대로 함께 있고 싶은 마음이지만, 집에서 기다리고 계실 부모님 생각에 나는 감정의 시침이를 떼고 일어나자고 했다.

타다 멈춘 장작이 연기를 뿜어내듯 못내 아쉬워하는 그의 모습이다. 찔레꽃에 벌과 나비가 앉아 달콤한 꿀을 빨아내듯 그는 꿀을 얻기 위해 내 주위를 나풀거리는 나비 같은 모습이 었다. 드디어 스물 세 해 동안 고치 속에 갇혀 있던 순진했던 소녀가 성숙한 모습으로 탈바꿈하는 꿈틀거림이 시작되었다.

함께 있고 싶은 용광로처럼 타오르는 감정을 억누르면서, 우린 이렇게 자유공원에서 뜨거움을 추억으로 남긴 채 헤어 졌다. 그에게 내가 첫사랑이었는지는 모르지만, 그는 나의 첫 사랑이었다.

더없이 행복한 순간들

—

어느덧 달콤한 신혼의 생활 속에 사랑의 열매인 어여쁜 공 주들이 태어나고, 세상 어느 누구도 부러울 것 없는 기쁨이 넘 치는 행복한 가정을 이루며 살아간다. 남편은 딸들이 예쁘다고 볼살을 비벼대면서 어쩔 줄을 모른다. 그이만의 무기인 거친 수염으로 뽀뽀할 때면 아이들은 따갑다고 도망을 다닌다. 이 모든 것이 행복이지 싶다.

어느 날 큰딸이 아장아장 걷게 되었을 때 갑자기 아이가 없어졌다. 두세 시간 동안 여기저기 찾아도 아무 곳에도 없었다 가슴이 철렁했다. 경찰서에 신고하고 남편에게 연락을 했다. 서너 시간이 지나서 아빠의 손을 잡고 아무 일도 없었다는 듯이 들어오는 딸, 사연을 알아보니 가까운 슈퍼마켓에 아이 혼자 아장아장 걸어서 들어왔는데 매장 언니들이 예쁘고 귀엽다

고 엄마를 찾아줄 생각도 잊은 채 놀아주고 있었다는 것이다. 모든 것이 서툰 새내기 엄마이기에 몇 시간 동안 얼마나 긴장했었는지 다리의 힘이 풀리면서 주저앉았다.

막내딸도 예사롭지 않았다. 어릴 때부터

유리가 꽂혀있는 담 위를 아슬아슬하게 걸으면서 나를 놀라게도 하고 멀쩡한 길을 놔두고 고여 있는 흙탕물을 첨벙첨벙 밟으며 걷는 것을 좋아하는 참으로 신비스러운 딸이었다. 이렇게 아롱이다롱이 두 딸과 우리 네 식구는 날마다 행복을 누리며 살았다.

비록 가진 것은 없었지만 욕심 없이 주어진 환경에 충실하게 살았다. 어느 봄날, 예쁜 꽃핀과 구두, 하늘하늘한 꽃무늬 원피스로 단장시켜 무심천변 흐드러지게 피어있는 벚꽃 길을 손잡고 다니면서 이것이 행복이라 느끼며 살았다. 때때로 동화책 《신데렐라》를 동생에게 실감 나게 읽어주는 큰딸의 똑 떨어지는 목소리에 나도 덩달아 신데렐라가 된 듯 빨려들어 가기도 했다.

자신의 키만큼이나 큰 양배추 인형을 안고, 소꿉놀이하는 두 딸의 모습이 지금도 눈앞에 그려지는데, 벌써 대학교 2학년 1학년인 두 아들의 학부형이 된 큰딸을 보면 참으로 세월의 빠름이 느껴진다.

그리움을 남긴 사랑

—

    가슴 떨렸던 첫사랑의 만남과 꿈만 같았던 신혼생활 그리고 알콩달콩 두 딸의 재롱 속에 더없는 행복을 누리면서 그 누구도 부러울 것 없는 삶이었는데, 인생의 길은 그 누구도 장담할 수 없는 길인가보다.

    그동안 쌓아놓은 행복을 조금씩 무너뜨리는 적군이 있었음을 어찌 알 수 있었으랴! 어느 날부터 남편은 소화가 안 된다고 소화제를 먹기 시작했다. 언제나 자신의 건강을 장담했기에 아무런 의심도 하지 않았다. 그러나 점점 약의 종류와 양이 늘어나고 증상은 호전되지 않았다.

    결국 위암 3기라는 청천벽력 같은 선고가 떨어졌다. 한 창 재롱을 부리는 어린 딸들을 보며 나는 현 상황이 도저히 믿기지 않았다. 아니, 현실을 받아들이는 것조차 너무도 힘이 들때면 아무 생각 없이 동네를 몇 바퀴씩 정신없이 돌아다니며 슬픔을 삭혔다.

    실컷 울고 싶어도 아이들 생각에 이불속에서 꺼이꺼이 숨죽이며 울어야만 했다. 이 시간 글을 쓰면서도 그때를 생각하면 가슴이 메어오고 눈물이 흐른다. 간신히 마음을 다잡고 '세상의 어떤 것이든 살릴 수만 있다면 다 해보리라'는 마음으로 한 생명을 살리기 위해 좋다는 것이 있다면 어디든지 찾아다녔다.

병원은 물론 한방 침, 한약, 건강식품, 민간요법, 식이요법 등. 그 결과 6개월의 시한부에서 2년의 시간 동안 생명이 연장되었다. 그러나 사랑의 힘만으로는 도저히 감당할 수 없이 2년여 투병생활 후 그는 허무하게 떠나게 되었다.

자신의 꿈도 맘껏 펼치지 못하고 어린 두 딸과 사랑하는 아내를 남기고 그렇게 떠나갔다. 그와 함께한 8년은 참으로 짧은 시간이었다. 벌써 37년 전의 일이지만 아직도 눈앞에 생생하다. 그의 육체는 흙으로 돌아갔고 그의 영은 하늘나라에서 사랑하는 가족을 기다리고 있음을 믿는다. 비록 지금은 손으로 만질 수 없고 눈으로 볼 수 없지만, 긴 세월 동안 마음 한구석 위로와 힘을 주는 영혼의 만남이 있었기에 감사하다.

예수님이 이 땅 재림하시어 다시 만나는 그날에는 지금까지 못 했던 은혼식, 금혼식을 그곳 아름다운 천국에서 많은 축하객을 모시고 성대하게 치를 것을 소망해 본다.

이놈들아, 잘 먹고 잘살아라

세상의 그 어떤 것보다 소중한 한 생명을 살리기 위해 최선을 다하다 보니, 운영하던 사업이 휘청거리기 시작했다. 회사 빚은 눈처럼 쌓여만 갔다. 급기야는 경비를 절약하기 위해 차량도 정리를 해야만 했다.

사업을 정리하고 싶어도 그 누구도 인수인계를 받지 않았다. 한 푼의 권리금도 없이 인수하려는 사람들뿐이었고, 밀린 부채도 갚지 않으려는 사람들이 대부분이었다. 어찌 사람들의 인심이 이렇게까지 고약할까. 나 같으면 어린 자녀들하고 열심히 살아보려는 모습이 안쓰러워 우선적으로 갚았을 텐데 하는 마음이었다.

착한 마음으로는 도저히 사업을 이어 갈 수 없기에 독한 마음을 먹었다. 부채가 많은 사람들에게는 현금거래만 허용했다. 더 이상 부채는 늘지 않았지만 받아야 할 부채는 그대로 남겨놓은 상태였다. 나는 1인 5역을 초인처럼 감당하면서 3~4시간의 짧은 잠으로 열심히 뛰었다.

매달 어음이 돌아오는 날이면 온몸에서 진땀이 흘렀지만,

긴장이 되어선지 아픈 줄도 몰랐다. 사업의 '사'자도 모르고 살던 내가, 거래처를 늘리기 위해 여기저기 발로 뛰다 보니 매출이 늘어나게 되었다. 차량 없이는 도저히 사업을 이어갈 수 없기에 차량 구입을 위한 계약금이 필요했다.

며칠을 망설이다 용기를 내어 시댁을 찾아갔지만, 빈손으로 허망하게 돌아왔다. 그리고 굳게 다짐했다. 이제부터 '내 생애에 어느 누구에게도 돈을 빌리지 않겠다'고…. 오직 전지전능하신 하나님께서 나의 필요를 채워주시리라는 믿음으로 당차게 사업을 꾸려나갔다.

그 결과 하나님은 내 기도에 응답해 주셨고, 사업은 더 번창하기 시작했다. 그러나 아직도 회사 빚은 많이 남아있었다. 그 당시 의료보험 없이 대학병원에서 치료를 받다 보니 회사 부채만 눈처럼 쌓였던 것이다. 그래도 거래처가 늘어나면서 조금씩 부채를 갚는 중이었는데, 우리나라에 IMF가 닥치면서 거래하던 본사가 문을 닫고 말았다.

급기야 회사에 담보로 잡혔던 집에 차압까지 들어왔다. 받아야 할 부채가 많으니 본사에 부채탕감을 요구했으나 전혀 반영되지 않은 채 회사 빚을 모두 갚아야만 했다. 이제는 모든 것을 정리해야 하는 시간이 되었음을 인식하고, 살고 있던 주택을 매매로 회사 빚을 모두 갚으면서 나의 고된 사업은 정리가 되었다.

받아야 할 외상값을 받기 위해 민사소송도 해 봤지만 이미 자신의 재산을 다른 곳으로 빼돌린 후라 법적으로도 받을 길이 없었다. 10여 년 외상값을 받아보려고 뛰어다녔지만 늘 헛걸음이었다. 결국 "야, 이놈들아. 잘 먹고 잘살아라"라는 내 마음의 결단을 내렸다. 남의 돈을 떼어먹은 이들의 양심이 어떠한지 정말 궁금하다.

모든 것을 훌훌 털어버리고 아이들 양육을 위해 다른 사업을 찾기 시작했다. 자본금이 없기에 은행 대출을 받기로 했다. 그러나 지방의 작은 아파트로는 담보물이 될 수 없다는 은행원의 말에 힘없이 뒤돌아 나와야만 했다.

고민하고 있을 때 출석하는 교회 신협에서 나의 딱한 사정에 대출을 허락해주셨다. 집 근처 작은 상가를 인수해서 아이들도 돌보면서 열심히 운영을 했다. 수입은 적었지만, 다달이 어음을 막아야 하는 스트레스가 없었기에 마음은 편했다. 오직 아이들을 잘 키워야겠다는 일념뿐이었다.

주님의 부르심

—

세월은 유수 같다더니 유치원, 초등학생 딸들이 벌써 고등학생, 대학생이 되면서부터 지금까지 나에게는 문제를 풀지 못한 학생처럼 마음의 짐이 부담감으로 남아있는 것이 있었다. 그것은 아이들이 어릴 때 담임목사님께서 나에게 신학교에 갈 것을 권하셨다. 나는 아이들 양육이 걱정되어 대학생이 되면 생각해 보겠노라 대답하고 오랜 시간 잊었던 것이다.

그런데 어느 날 사업장에 전혀 모르는 분이 들어와서는 대뜸 나에게 "왜 사명이 있는데 신학을 안 하느냐"라는 말을 남기고 갔다. 얼마 지나지 않아 "기도원 원장님이 사명이 있으니 신학을 하라"고 하신다. 굳건한 믿음도 없는 나에게 세 분으로부터 신학을 하라는 말씀을 주셨지만 나는 "열심히 신앙생활만 잘하면 되지" 하는 생각뿐이었다.

이렇게 오랜 시간 순종을 미루고 또 미루던 어느 날, 새벽 4시 전화벨이 급하게 울렸다. 운영하는 사업장에 큰불이 났다는 것이다. 지나가던 택시가 사업장 간판에 있는 전화번호로 전화를 한 것이다. 달려가 보니 소방차가 다녀간 흔적으로 셔

터문 자물쇠가 잘린 채, 사업장 안에는 물이 흥건하게 고여 있었고 모든 상품은 새까맣게 그을려 있었다.

상품 가치가 있는 것은 단 한 개도 없었다. 사업장을 청주 시내로 옮긴 지 한 달 만이었다. 인테리어도 하고 새로운 상품도 많이 들어왔는데 참으로 기가 막혔다. 전날 읽고 있던 성경책도 펼쳐진 채로 새까맣게 그을려 있었다. 떨린 가슴이 진정되기도 전 화재보험회사에서 전화가 왔다.

내가 운영하는 사업장에서 불이 났으니 구상권을 청구하겠다는 것이다. 건물 주인에게 화재 보험료를 지불했으니 배상금을 물으라는 것이었다. 나는 기가 막혔다. 당시 12대의 소방차가 왔지만, 원인 규명을 찾지 못한 상태였기에 나는 보험사 직원에게 "불이 난 원인이 나에게 있다는 것을 말하면 배상하겠다"고 당차게 말했다. 다행히 배상 없이 수습되었다.

나는 놀란 가슴을 쓸어내리다가 "당신에게 사명이 있다"는 말이 떠올랐다. 이제 모든 것을 정리 해야겠다는 마음이었지만, 거래처마다 그을린 상품을 모두 새 상품으로 바꿔 줄 뿐만 아니라 인테리어업자까지도 무상으로 다시 해 주겠다고 하는 말에 결단을 못 내린 채 누구에게 홀린 듯 나의 마음은 순순히 따라가고 있었다.

이런저런 핑계를 대며 순종을 안 하니 그 후에도 하나님은 여러 가지 방법으로 연단하셨고, 결국 나의 지·정·의를 모두 내려놓게 하시고 신학교에 입학하게 하셨다. 환난을 당하기 전에 순종해야 하는데 참으로 지혜롭지 못한 나의 모습이었다. 나를 붙잡고 있는 악한 사탄의 세력이 끝까지 하나님의 일을 방해하는 모습을 보며 조상들의 깊은 쓴 뿌리가 나에게까지 영향력을 미치고 있다는 것을 뒤늦게 알았다.

친정집은 우상 숭배하는 집이었다. 뿐만 아니라 친정아버님은 마을 제사장이셨다. 해마다 몇 번씩 고목나무 밑에서 마을의 안녕을 위해 제사를 주관하는 분으로 가정 가정마다 축복을 빌어주시기에 동네 사람들이 모두 귀하게 대하는 분이셨다. 그 당시 어렸던 나는 무심코 지나쳤었는데, 하나님이 제일 싫어하시는 것이 우상숭배였음을 알았다.

예수님을 잘 믿으면 자손천대까지 축복이 오지만, 믿지 않고 우상숭배를 하면 자손 3~4대까지 저주가 온다는 말씀(출애굽기 34:6~7)이다. 이렇게 우여곡절을 여러 차례 겪은 후 모든 사업을 정리하고 하나님께서 예비하신 사명자의 길을 가기 위해 마음의 결정을 하고 마침내 늦깎이 신학생이 되었다.

나를 단련시키시는 주님

—

　사명자임을 깨닫고 늦깎이로 들어간 신학교 생활은 마치 천국 같았다. 날마다 찬양과 기도, 성경 말씀을 통해 이렇게 행복해도 되는지 하면서 시간마다 은혜 가운데 있었다.

　어려운 결단으로 모든 일을 내려놓고 주님 앞에 순종하면서 나왔기에 이제부터는 환난이 다시는 없을 줄 알았는데, 한 학기가 지날 무렵 또다시 나 자신 인내의 한계를 느껴야 하는 어려운 시간을 만났다. 서울에 사는 큰딸에게서 전화가 왔다.

　돌잔치를 치른 지 한 달 된 건강했던 아들이 갑자기 호흡을 못 한다는 소식이었다. 서울대 아동병원 중환자실에 입원 중이며 산소마스크가 없으면 호흡을 전혀 할 수 없는 상태라고 한다. 이 무슨 청천벽력 같은 일인지 도저히 알 수가 없었다. 엊그제 둘째 아들을 출산한 딸은 산후조리원에 있었지만, 위급한 상황에서 산후조리를 접어야만 했다.

　더 안타까운 것은 대학병원에서 모든 검사를 다 해봤지만, 병명을 모르니 치료할 수도 없단다. 중환자실에 입원해 있던 아이들이 하나둘씩 하얀 천을 덮은 채 실려 나갔다. 인생을 살아보지도 못하고 떠나는 아이들을 보면서 얼마나 마음이 아픈지 이 순간만큼은 죽음이란 단어가 야속하기만 했다.

기댈 수 있는 유일한 길은 모든 것을 치료하시는 하나님께 기도하는 길 외에는 방법이 없었다. 나는 신학교 수업 시간마다, 교회 철야 시간마다, 구역예배 시간마다 그리고 기독교 카페까지 다급하게 중보기도 요청을 하였고, 새벽 3시만 되면 성전으로 달려 나가 눈물로 범벅된 간절한 기도를 드렸다.

딸과 사위도 병원에 있는 교회에서 간절히 기도했다. 드디어 하나님의 응답이 나타나기 시작했다. 한 달이 지나도록 병명도 찾지 못한 채 중환자실에 있던 외손주에게 조금씩 변화가 일어나기 시작했는데 음식물이 조금씩 넘어간다는 소식이었고 드디어 한 달 만에 병실로 옮기게 되었다.

병명은 찾지 못했지만, 음식물이 넘어가니 조금씩 차도가 생겼다. 하지만 병원에서는 병명이 없으니 어떠한 처방전도 없었다. 환자에게 해 줄 수 있는 것이 아무것도 없으므로 퇴원해도 좋다는 말에 산소통을 의지하고 퇴원해야만 했다.

낮, 밤으로 어린 아들에게 산소통을 코앞에 대주면서 사위와 딸이 번갈아 가며 간호했다. 조금씩 기어 다니기 시작할 때는 따라다니면서 산소 줄을 대어주는 지극한 간호가 필요했다. 손주와 같이 병명을 찾지 못하는 아이들이 많이 늘어나고 세상에 이슈가 되면서 드디어 병명을 찾게 되었다.

주범은 가습기 살균제였다. 독한 살균제가 수많은 어린 아이들의 생명을 무참히 앗아갔다. 다시는 이런 참사가 일어나지 않기를 간절히 바란다. 오랜 시간 질병과 싸우던 손주는 하나님의 은혜와 가족들의 지극한 보살핌으로 건강을 되찾았고, 건강한 모습으로 올해 수능시험을 준비하고 있다. 얼마나 감사한지 눈물이 난다. 세상의 그 무엇보다 한 생명의 소중함을 다시 한번 느껴보며 내 마지막 날까지 사명자로 살기를 다짐한다.

사역의 현장에서

사역이란 죄로 인해 죽을 수밖에 없는 사람들에게 하나님의 말씀으로 영원한 생명을 갖도록 돕는 것이며 눈으로는 볼 수 없지만 얼마든지 느낄 수 있는 하나님을 소개하는 일이다. 세상을 주관하고 있는 사탄의 세력이 얼마나 강한지 때론 지치고 힘들지만, 한 사람 한 사람 하나님 품에 돌아오는 것을 보면 얼마나 감사하고 보람 있는지 모른다. 그동안 사역지에서의 일들을 간단하게 적어 본다.

◇ 첫 번째 사역지 = 나의 지·정·의를 온전히 내려놓고 오직 주님을 따르는 사역은 몸은 힘들었지만, 사명을 주신 주님께 감사한 마음으로 새벽과 낮 기도회, 심방으로 분주한 어느 날 새로 오신 전도사님 가정이 무척이나 궁금했던 성도가 남편에 대해 묻는다.

갑작스러운 질문에 나도 모르게 "잘 계십니다"라고 대답한 것이 화근이 되었다. 솔직히 아픈 가정사가 알려지는 것이 편치 않았기에 생각 없이 말한 것인데 나의 말 하나하나에 책임이 따르는 사역의 길에 걸림돌이 되고 말았다.

이런 일을 통해서 주님께서는 나의 아픈 과거까지도 사용하길 원하신다는 것을 깨달았다. 아픔을 통해 아픈 사람들의 마음을 헤아려 주길 원하시는 주님의 마음을 깨달으며 이 일을 계기로 주님이 보시기에 정직한 사역자가 되기를 굳게 다짐했다.

◇ 두 번째 사역지 = 온통 산과 논밭으로 둘러싸인 시골교회이기에 승용차로 40분을 달려야 도착한다. 근처에는 임대

아파트가 있고 시내를 가려면 2시간마다 오는 버스를 이용해야 하는 외진 시골 마을이었다. 주변을 파악해 보니 이중 생활자, 숨어있는 범죄자, 사업을 위에 거주하는 사람들과 그리고 오래전부터 농사를 짓고 계신 연로하신 분들이 대부분이었다.

이런 지역적 특성 때문에 한 교회에 오래 정착하지 못하고 떠나는 성도가 많았다. 당연히 전도가 우선이라 생각하고 날마다 교회 주변 현장에서 그리고 산골마다 어르신들을 찾아다니며 복음을 전했다. 때마다 어르신들의 목욕도 시켜드리고 미용 기술이 있는 집사님과 커트 봉사도 했다. 주일 오후 시간은 가까운 장애인 공동체 시설을 찾아 장애우들과 찬양과 봉사를 하면서 힘들지만 보람찬 사역이었다.

하지만 사명감에 불타 내 몸을 돌보지 않고 열심히 뛰다 보니 급기야 잇몸까지 들뜨고 목소리조차 전혀 안 나오게 되었다. 서울에 사는 딸이 전화를 했지만, 목이 잠겨 대화를 나누지 못하자 오밤중에 두 딸이 달려왔다. "엄마, 이러다가 큰일 나면 어떡하냐"고 아우성을 친다. 사명자의 길이기에 최선을 다하였지만 결국 육체의 한계를 느끼고 사임을 하게 되었다.

◇ 세 번째 사역지 = 아직 몸도 완쾌되지 않았는데 하나님은 나의 세 번째 사역지를 준비하고 계셨다. 모든 것이 내 뜻

이 아니라 주님의 뜻대로 흘러감을 다시 한번 체험하면서 서울에서 주거지를 찾던 중 부동산을 운영하는 권사님이 자신이 출석하는 교회에서 부교역자를 위해 기도 중인데 오시면 어떻겠냐고 권유한다. 몸이 회복되기까지 한 달간의 휴식 후 세 번째 사역지에 부임을 했다. 이곳 성도들은 세상적으로는 똑똑한 성도들이지만 가정적으로는 상처가 많은 성도들이기에 내가 영적으로 강하지 않으면 이들을 다스릴 수가 없었다. 사역중에 일어난 일 몇 가지를 적어본다.

한밤중에 스마트폰이 울린다. 거실에 놓아둔 핸드폰이 10분 간격으로 울린다. 시간을 보니 새벽 2시다. 이 시간에 누굴까? 교회 권사님이었다. 내일이 성탄절인데 오실 수 있냐고 여쭸더니 그냥 집에 있겠다고 하셨는데 마음이 변하셨는지 내일 데리러 오라고 전화한 것 같다. 사역자는 한밤중이라도 전화를 받아야 하고 아무 때든지 오라면 나가야 한다는 못된 생각을 이미 알고 있었지만 인내하면서 전화를 걸었다. "권사님, 왜 잠도 주무시지 않고 전화하셨어요"라고 하니 어이없게도 "죄송합니다. 잘못했습니다"라는 말만 한다.

자정이 넘었는데 현관문을 마구 두드린다. 깜짝 놀라 나가보니 같은 아파트에 사는 집사가 자기와 병원엘 같이 가자는 것이었다. 허둥지둥 옷을 갈아입고 나가니 집사님 남편이 차를 가지고 나와 있는 것이 아닌가. 참 이해가 안 되었다. 이건 뭐지? 남편이 있는데 굳이 나를 불러내어 한밤중에 응급실에 가서 새벽 5시까지 있게 한 까닭을…. 지금까지도 이해하지 못하는 미스터리다.

부임하는 날 좋은 분위기 속에 차를 마시며 교제를 하고 있는데, 갑자기 어떤 성도가 오더니 "이 잔은 목사님 잔"이라며 마시고 있는 찻 잔을 빼앗아 간다. 직분이 무색할 정도로 몰상식한 모습에 마음이 많이 상했다. 그의 전화번호를 적어 장문의 메시지를 보냈지만, 답장이 없다.

어떤 사연이 있길래 기본적인 교양도 없을까? 궁금하던 차에 그 내막을 들었다. 어릴 때 상처를 받고 자랐기에 그런 것이라고 한다. 측은한 생각에 좀 더 잘해주고 싶은 마음으로 중보기도하면서 지금까지 근 10년이 지났지만 변한 것은 전혀 없다. "주여, 그를 성령께서 만져 주시고 모든 상처를 치유하여 주시어 몸된 교회를 위해 크게 쓰임 받는 일꾼 되도록 인도 하소서."

A4 용지를 돌렸다. 각자의 기도 제목을 쓰는 순서대로 한 장에 옮겨 나누어주면서 중보기도 요청을 하였다. 그런데 생각지도 못한 일이 생겼다. 자신이 권사인데 어떻게 집사 밑에

순서를 써넣을 수가 있냐며 이제부터 교회에 안 나오겠다고 협박까지 한다. 뿐만 아니라 자신 집에는 전도사는 오지 말고 다른 사람만 오라 한다. 참으로 어이가 없었다.

교회 직분은 높고 낮음이 아니라 더 열심히 섬기며 봉사하라고 주는 것인데 직분을 마치 지위처럼 생각하는 모습이 이해되지 않았다. 그래도 사역자가 낮아져야 한다는 생각에 아무 일도 없었던 것처럼 만날 때마다 인사를 했다. 그러나 바라보지도 않고 아예 고개를 옆으로 돌린다. 이렇게 근 2년 동안 나의 모습을 지켜보던 그 권사가 말문을 연다. 전도사님 "이제 우리 집에 심방 오셔도 돼요"라고….

이유를 알고 보니 친정엄마로부터 생겨난 상처 때문에 자신에게 조금이라도 비하하는 말이나 행동에 자격지심으로 민감하게 반응하였던 것이다. 교회를 사임하면서 권사님으로부터 장문의 메시지를 받았다. 자신의 잘못된 모습을 사과하면서 "더 오래 계셨으면 하는데 왜 떠나시냐"고 한다. 한편으로는 '있을 때 잘하지'하는 마음이었지만, 그래도 그 상처가 많이 아문 것 같아 고맙고 감사한 마음이었다.

주일은 온전히 말씀을 들으며 육적으로는 쉼을 얻고 영적으로는 성령 충만함을 얻어 한 주간을 말씀대로 살아가기 위한 축복의 날이다. 그런데 한 집사가 예배 시간 5분 전 아르바이트를 가겠다면서 떼를 쓴다. 성도들의 식사를 돕기 위해 일찍 와서 봉사한 것은 귀하지만, 교회를 다니는 목적을 분명하게 해 주기 위하여 단호하게 안 된다고 했다.

그러나 아랑곳하지 않고 내 앞에서 아르바이트 복장으로 갈아입고 쏜살같이 가버렸다. 아픈 마음이 밤까지 가시질 않고 있는데 사모님한테 전화가 왔다. 그 집사님이 자신의 입장을 사모님께 이야기한 모양이다. 성도 한 사람 한 사람이 너무도 귀한 것을 내가 왜 모르랴.

교회의 사명은 성도들이 하나님 말씀을 들으면서 자신의 지·정·의를 온전히 십자가 밑에 모두 내려놓고, 오직 주님의 자녀로 성령 충만함을 받아 영원한 천국 백성으로 살게 하는 것인데 성도 한 사람 한 사람 들어오고 나가는 것에 얽매여 싫은 소리 한마디도 못 하는 교회의 본질이 흐려짐에 심히 안타까운 마음이다. 부디 본질을 잃지 않고 주님이 원하는 성도들이 되어 '예수한국 복음통일'의 사명을 이루며 천국까지 동행하기를 기도한다.

2. 인생 2막을 꿈꾸며

세상 속으로

해마다 12월이 돌아오지만, 올해는 사역을 마치는 달이기에 어느 해 보다 느낌이 다르다. 섭섭한 마음도 들지만, 지금까지 부족한 나를 쓰신 하나님의 은혜에 감사한 마음이 더 크다. 마음고생도 많았으나 보람도 많다.

사역지에서의 수많은 일들이 주마등처럼 떠오른다. 새벽기도를 시작으로 교역자 큐티, 심방, 말씀 준비, 전도와 교회 사찰의 일까지 도맡아 하면서 열심히 달려왔다. 사역의 현장에서 성도들이 나의 진심을 모르고 자신의 생각대로 판단할 때 서운한 마음이 들 때도 있었지만, 언젠가 나의 진심을 알아줄 때가 올 것을 믿는다.

내가 평신도였다면 서운한 일도 없었겠지만 남들이 말하기를 부족함 없어 보이는 외모와 당당한 모습에 여성도의 미묘한 시기, 질투의 마음도 있었으리라 생각해 보며 이 모든 것도 감사한 마음으로 받아들인다. 지난 책에서 '나의 인생 2막이 무척이나 기대된다'고 쓴 기억이 난다.

나의 인생 청사진을 모두 그려놓으신 주님께서 남은 나의 인생도 주님의 향기를 뿜어내는 향내 나는 삶으로 인도하실 것을 굳게 믿는다. 사역을 내려놓은 지 벌써 석 달이 되어간다. 쉼이 습관이 안 되어선지 쉬는 것이 더 힘들다. 무엇이든 해야겠다고 찾던 중 서울시 50플러스 인생학교라는 프로그램에 등록했다. 인생 2막의 세대들에게 기존 학교의 틀을 벗어나 사회공헌이든 봉사든 자신이 하고 싶은 것을 정하고 뜻이 맞는 사람들과 커뮤니티를 만들어 보람 있게 재미있게 보내라는 내용이었다.

글 쓰는 것을 좋아하는 나는 시니어 기자가 되고자 영상편집과 기사를 쓰는 프로그램에 참여했다. 세련되고 멋있게 늙어 가기 위해 멋스럽게 나를 표현하는 패션 프로그램도 참여했다. 체질사업의 경험을 살려 파워포인트로 대체의학 강의안도 준비하고 수요일마다 고운 색채에 빠져드는 '민화'도 그렸다.

날마다 앞산을 오르고 서울 근교 둘레 길도 또래들과 걸었다. 가끔은 딸과 국내외 여행도 갔다. 얼마나 많은 활동을 했으면 6개월 사이에 체중이 5kg 빠졌다. 이렇게 모든 것을 소화할 수 있는 건강과 맑은 정신을 주신 주님께 감사를 드린다. 무엇보다 세상 속에서 생명을 구원하는 일을 시작하게 하시니 참으로 감사하다. 소외된 사람들과 시험 중에 있는 크리스천들 또한 하나님을 모르는 세상 사람들을 저에게 붙여주심도 감사하다.

주님은 하나님의 자녀가 어디를 가든지 함께 하심을 느끼게 하신다. 이렇게 인생 2막의 꿈을 꾸면서 달려간다. 내 나이 칠십에는 더 풍성한 삶의 열매를 수확하기를 기대하면서 이렇게 두 번째 책을 엮어간다.

민화에 빠지다
—

여고시절 수업 시간 틈틈이 그림 그리기를 좋아했다. 몰래 먹는 음식이 맛난 것처럼 나 혼자만의 쾌감에 빠져 열심히 그려댔다. 미술책에 있는 그림을 따라 그리면서 꽃과 벌레들의 섬세함에 매료되기 시작했다. 영어 노트에도, 수학 노트에도 빈자리만 있으면 긁적였다.

완성된 그림을 보고 혼자만의 뿌듯함을 종종 느끼곤 했다. 대부분 신사임당의 초충도였다. 나의 타고난 감성을 거슬러 올라가 보면 어릴 때부터 집 뒤 야트막한 뒷동산에 올라가곤 했다. 아침이슬이 채 마르기도 전 바짓가랑이를 적셔가며 햇살에 반짝이는 이슬방울과 이슬을 머금고 있는 달맞이, 패랭이, 제비, 달개비, 할미꽃들이 얼마나 귀엽고 청초한지 나 혼자만의 즐거움에 빠져들었다.

그 후 세월이 반평생이나 흐른 어느 날 그 추억이 꿈틀대기 시작했다. 체계적으로 배운 것도 아닌 노트 한편에 긁적일 뿐이었는데 어릴 때 추억이 학창 시절 그리고 지금까지 이어진 것은 아닌가 생각해 본다.

마침 지역문화원에 민화반이 있기에 등록을 하였다. 벌써

다섯 달째다. 꽃과 새를 주제로 한 화조도를 배우고 있다. 살아 있는 꽃처럼, 움직이는 새처럼, 수십 번의 붓끝을 놀려야 하는 정교한 그림이다. 눈이 아른거릴 때도 있지만 여백을 채워가는 재미에 푹 빠진다.

회원은 40~60대가 대부분이지만 70대도 있다. 자녀들을 잘 키워놓으시고 이제는 자신만의 꿈을 향한 모습이 아름답다. 부지런함이 습관이 되셨는지 제일 먼저 오시는 모범생이시다. 노후에 무엇을 하고 사느냐는 온전히 자기 결정이다. 인생 끝날까지 자신을 찾는 삶이기를 바란다. 시작이 반이란 말처럼 무엇이든 시작함에 중요함을 느끼면서 아직도 내가 청춘인 것 같은 착각에 해 보고 싶은 것이 많이 있지만, 인생 후반전은 너무 욕심내지 않고 즐기면서 살고 싶다.

공감의 능력

나라에서 진행하는 건강검진을 받았다. 혈액검사로 시작해 소·대변, 청력, 시력, 혈압, 자궁암, 유방암 검사와 체중과 키 측정, 그중 제일 받기 싫은 항목이 있는데 위내시경이다. 비수면으로 하기에 짧은 시간이지만 얼마나 역겨운지 모른다.

간호사가 호흡법과 자세를 알려주지만, 긴장이 되어선지 어깨에 힘이 들어간다. 눈에는 눈물이 저절로 맺힌다. 그 와중에 모니터 영상을 보았다. 다행히 위가 깨끗하다니 너무도 감사하다. 그러나 혈압은 조금 높다고 한다. 아, 벌써 이러한 증상이 오다니. 노화되는 나의 몸이 슬퍼진다.

《공감의 능력》이란 책을 보았다. 'R70 I'라는 나이 체험복인데 젊은 사람이 이 옷을 입으면 70세의 나이를 느껴보는 옷으로 70세에 느끼는 시력 손상, 청력상실, 신체 움직임의 제약을 직접경험하면서 늙음을 체험하는 옷이라고 한다. 이옷은 공감의 능력을 설명하기 위해 만들어졌다.

공감이란 다른 사람의 감정과 인체를 이해하고, 함께 나눌수 있는 능력을 말한다. 요즘 들어 딸아이와 의견이 맞지 않을때마다 "너도 내 나이가 돼봐라"라고 말할 때가 있는데, 우리 딸에게 이 옷을 입혀주었으면 하는 생각이다.

4R ACE 전략
—

지금은 100세 시대로 50~60대는 신중년 세대이며 인생의 황금기는 60~75세라고 한다. 예전엔 70세가 되면 고려장을 지낼 정도로 노인 취급을 했는데 세상은 이렇게 급박하게 변하고 있다. 나 자신도 변화되지 않으면 아무것도 얻을 수 없다는 생각이 든다.

그 씨앗은 나 자신 속 희망과 설렘이라고 생각해본다. 나이가 들어감에 자존감과 자신감은 up 시키고 자존심은 down 시켜야 하며 나보다 젊은 사람을 많이 사귀는 것이 필요하단다. 무엇보다 4R ACE 전략을 가져야하는데, 4R이란 Reset(다시 시작), Redesign(다시 디자인), Refill(다시 채움), Restart(다시 출발)이다.

ACE전략이란 Attitude(마음가짐)가 긍정적·희망적이며, Communication(소통 능력)을 가지고 Expertise(전문성)을 키워야 한다는 것이다. '쇠뿔도 단김에 빼라'는 속담처럼 내가 가지고 있는 전문성을 꺼내 남은 인생 보람되게 살아보려 한다.

아픈 사람에게 이침(耳針)으로 치료하며 체질에 따른 질병, 성격, 음식, 의상, 배우자와의 원만한 관계까지 알려주는 사업경험을 살려 파워포인트로 강의안도 준비했다. 사업과 사역을 내려놓고 보니 정신적·육체적으로 많이 힘들었는데 다시금 활력을 얻을 수 있음에 감사하다. 무엇보다 남은 인생 이웃에게 그리스도의 향기를 전하면서 살아가기를 소망한다.

시니어 컨설턴트

누구나 그렇듯, 자신은 언제까지나 늙지 않을 것 같은 착각 속에 살아가지만, 인생의 흐름을 어느 누가 막을 수 있을까? 스스로 젊다고 착각하는 나에게 어느 날부터인가 손주는 자연스럽게 할머니라 부르고 지나는 사람들도 너무도 당연한 듯 아줌마라 부른다.

다시금 마음을 추스리고 착각에서 벗어나 세월의 순리대로 살아가고 있던 어느 날, 인생 1막을 열심히 살아온 나의 내면이 꿈틀거리기 시작했다. 더욱이 요즘은 75세까지를 청년이라 한다는 말에 힘입어 길을 찾아보았다.

배우고 싶었던 민화를 그리면서 원색의 고운 색채에 매료되기도 하고 마음을 같이하는 사람들과 커뮤니티 모임을 통해 요양병원 봉사도 하고, 근교의 산을 산행하면서 자연의 냄새도 맡고 느긋하게 살아가는 행복한 시간을 가졌었는데, 근 2년 동안 코로나로 모든 배움과 모임들이 막히면서 참으로 답답한 마음이다.

우리네 인생의 고비마다 넘어야 할 운명의 산이 있다. 그러나 운명의 산은 스스로 개척을 하지 않으면 어떤 사람도 대신할 수 없다. '움직이지 않는 삶은 죽은 삶이다'라는 생각이 드는 순간 나는 일자리에 참여하고자 시니어클럽을 찾았다.

구로 시니어클럽에서 하는 사업은 공익형, 사회 서비스형, 시장형과 취업 알선형이 있다. 공익형은 지하철역 주변과 체육관 등의 공공시설 미화, 공공시설물의 불법 촬영기기 조사, 폐건전지 수거이며 사회 서비스형은 유치원, 키움 센터, 우체국의 도우미와 매니저, 컨설턴트 등이다. 시장형은 편의점, 카드배송, 피자스쿨, 담아드림, 카페개봉 등이며 취업 알선형은 학교, 건물, 아파트의 미화와 경비, 택배, 요양보호사 등등이 있었다.

분야별로 담당하시는 선생님들의 모습에서 사회복지사답게 어르신들을 친절하게 대하는 품성이 묻어나온다. 이 기회에 좋은 사람들이 성실히 일하는 시니어클럽임을 선전하고 싶다. 나는 시니어들에게 일자리를 상담하는 컨설턴트로 일하게 되었다.

딸들도 엄마에게 잘 맞는 일이라며 좋아하듯, 지금까지 일을 하면서 보람을 느낀다. 어떤 분은 일자리 상담뿐 아니라 인생 상담까지 받은 것 같다고 좋아하신다. 같은 시니어이기에 힘들고 지친 마음을 공감해 주고 희망을 줄 수 있음에 감사하다.

아쉬운 점은 많은 재능을 가지고 계신 시니어들이 자신들의 재능을 활용할 수 없음에 안타까울 때가 많다. 점점 노령화 시대가 되어가는 현시대에 맞게 정책적으로 다양한 어르신 일자리가 창출되어 자신의 능력과 적성에 맞는 일자리에서 남은 인생 보람도 느끼고 노후까지 꿈을 맘껏 펼치시길 바라는 마음이다.

오늘도 무더위에도 불구하고 시니어들이 일자리를 찾기 위해 오셨다. 한 분은 남편도 자녀들도 곁에서 떠나고 혼자 있으려니 우울증이 생길 것 같아 무슨 일이든지 하겠노라 말씀하신다. 한평생 가족들 뒷바라지하는데 길들여 있는 시니어들은 혼자만의 시간을 가장 힘들어하신다. 나이 들어 몸도 마음도 약해진 상태임에도 어떤 일이든 하고자 "아주 건강하다"고 말씀하신다. 어떤 분은 자신의 이력과 경력을 보이시면서 자신의 이력과 경력에 맞는 일자리를 구해달라고 하신다.

그 마음을 100% 공감하면서 지켜야 할 원칙을 알려드렸다. 먼저는 자신의 건강을 우선으로 체력에 맞은 일을 해야 하고, 젊을 때 무슨 일을 했으며 나는 어떤 사람이라는 지위를 내려 놓아야 하고, 무슨 일이든 주어진 일을 열심히 하면서 타인을 배려하는 모범을 보이신다면 인생 후배들에게 무언의 가르침을 주는 인생 선배의 역할까지 할 수 있다고 상담해드렸다.

지금은 100세 시대다. 자신이 시니어이기에 스스로 게을러서는 인정을 받을 수 없고 시니어들이 젊은이 못지않은 열정으로 성실하게 일하는 모습을 사회에 보여줄 때 더 좋은 일자리가 기다리고 있으리라 생각하면서 무더위 속에 일자리를 찾기 위해 오신 시니어들에게 일하는 기쁨을 안겨드리고 싶은 간절한 마음과 함께 남은 인생 구구팔팔하게 사실 것을 응원합니다.

마음이 통하는 사람
—

인생 2막을 꿈꾸며 바쁘게 다니던 중 지인께서 소개하고 싶은 사람이 있다고 전화를 주셨다.

나는 한참을 머뭇거리며 지난날을 회상했다. 30년 전 가까운 지인들은 자신의 오빠, 동생을 소개하면서 만나보라고 성화를 했었다. 그러나 눈코 뜰 새 없이 바쁜 사업 속에 시간도 없었을 뿐 아니라 딸들의 예민함에 마음을 접어야 했다.

어린 나이에 아빠를 보내면서 상처받은 딸들에게 엄마로 인해 상처를 주게 될까 마음이 편하지 않았다. 소개팅이 아니더라도 주위에 유혹도 있었지만, 가장으로서 책임감이 그 모든 것을 이겨내게 했다. 지금도 가정을 굳건히 지켜냈음에 참으로 장하다고 나 자신에게 다독거리고 싶다. 이렇게 평생 사업과 사역에 전념하던 삶이었는데 뜻하지 않은 전화에 망설여졌다.

지인을 통해 자신의 사진을 보내오면서 내 사진도 보내 달라고 연락이 왔다. 사진보다는 직접 만나 뵙는 것이 인품과 성격까지도 알 수 있지 않을까 하여 말씀드렸더니 쏜살같이 전화가 왔다. 당장 만나자고 한다. 참으로 성격이 급한 분 같다. 여자들은 나이 들면 집에 있는 남편도 귀찮아진다는데 황혼에 새로운 가정을 이룬다는 것은 대단한 결단이 필요하다. 한편으론 마음이 온화하며 상대방을 배려하는 분이라면 서로의 아픔을 다독이면서 남은 인생 같이 가도 좋지 않을까 하는 생각도 들었다.

지금까지 환란 속에서도 평안하게 살아왔기에 서로의 눈

길만 보아도 마음을 알 수 있는 사람이면 좋겠다. 과연 그런 사람이 있을까? 많은 사람들이 물질을 보면서 재혼을 시작한다. 그러나 나는 물질은 살아가는데 필요는 하지만, 물질보다는 서로의 성향에 비중을 두는 편이다. 물질은 어느 때든지 없어질 수 있지만, 마음이 통하는 사람과의 삶은 물질 그 이상의 것이니까.

고희에 꾸는 꿈
—

연로하신 분들에게 지나온 삶의 여정을 물어보면, 책으로 수십 권이나 쓸 수 있다고들 하신다. 이렇듯 각자의 인생 스토리 안에는 희로애락의 이야기보따리가 구구절절 가득하다. 나도 이 세상에 태어난지 벌써 70년이 되었다.

삶의 자리에서 수많은 일도 있었고 후회도 있었다. 그러나 지나간 시간은 되돌릴 수 없고 무엇보다 살아갈 시간이 짧아졌기에 내 남은 시간을 어떻게 보람 있게 보내야 하는지를 생각해본다. 지금부터는 자녀에 대한 의무와 책임에서 벗어나 나 자신을 스스로 책임져야 하는 시점으로 그 첫 번째가 건강이다.

누구나 건강의 중요성을 알지만 마음대로 되지 않음을 어쩌랴! 젊을 때부터 몸 관리를 잘해야 노년까지 건강하게 지낼 수 있다고, 지금도 아이들에게 입버릇처럼 하는 말이다. 건강할 때는 느끼지 못했던 몸이 70세가 되어가니 허리, 다리, 발바닥 등 온몸을 돌아다니면서 통증이 생긴다.

가끔 조그만 위로라도 받을까 하여 한마디 하면 "엄마는 언제나 그랬잖아" 하면서 새삼스럽지도 않다는 듯이 말한다. 이제는 자녀들에게 아프다는 이야기도 하기 싫어졌다. 누가 "인생은 칠십부터"라고 했는지…. 여기저기 아픈 몸으로 이제부터 시작이라니 참으로 아이러니하지만, 인생의 시작임을 받아들이며 남은 인생의 플랜을 적어본다.

첫째, 조국이 자유대한민국 복음통일을 이루는 그 순간까지 최선을 다한다. 둘째, 건강을 위해 날마다 요가와 근력운동을 하고 틈나는 대로 등산도 하며 탁구를 친다. 셋째, 가족, 친구, 이웃들에게 복음을 전한다. 넷째, 수묵담채화를 그리며 수채화 같은 맑은 마음이 되어본다. 다섯째, 팔순 기념으로 출간할 이야기들을 틈틈이 쓴다. 여섯째, 성지순례와 북유럽 여행을 계획해 본다.

3. 세월의 흔적

마음이 슬픈 날

  하루종일 내리던 비가 멈추고 날이 개니 하늘이 더없이 맑고 푸르다. 오월 중순 나뭇잎도 연두색에서 진초록으로 바뀌고, 앞산을 보니 향기 짙은 아카시아꽃이 하얗게 덮여있다. 도로마다 가로수로 심어진 이팝나무의 화사함은 보는 이의 마음을 흥분시키기에 충분한 날이다. 이렇게 화사하고 향기로운 날이지만, 내 마음은 즐겁지가 않다.

  이유 없이 눈물이 난다. 오늘따라 외로운 마음이 가시질 않는다. 지금까지 얼마나 씩씩하게 살아왔던가! 참으로 어려웠던 시절에도 눈물을 보이지 않았는데, 이것이 나이 듦인가? 외로운 마음에 큰딸에게 카톡을 보냈다.

  "엄마랑 같이 점심 먹을까?" "응. 엄마, 뭐 먹고 싶은데?" "글쎄, 새콤달콤한 냉면 먹을까?" "엄마, 그럼 어디서 만나지?" "그런데 엄마 무슨 일 있어?" "아니, 일은 무슨…. 아무 일 없어."

  난 그냥 딸아이 얼굴이 보고 싶어 만나자고 한 것인데, 예전 같지 않게 꼬치꼬치 묻는 딸 때문에 또 눈물이 난다. 눈물이 날 이유가 전혀 없는데도…. 지난 1년 5개월 이것저것 하고 싶은 것들을 하면서 그런대로 재미나게 살았다. 친구들이 부러워할 정도로 뱃살도 쪽 빠져 55사이즈가 되었다.

늘 운동을 해서인지 예전보다 건강해졌다. 영적으로도 늘 말씀을 들으며 은혜를 받는다. 찬양 속에 감사를 느끼며 살아간다. 기도함으로 나의 모든 것을 맡기는 삶을 살아간다. 그런데 내 마음이 왜 이리 허전하고 슬픈지 모르겠다. 정말 모르겠다.

오호라 어찌할까나

—

내 나이 만 65세, 국가에서 베푸는 지공(지하철 무료 승차)의 나이가 되었다. 오래전 나보다 15살 위 둘째 언니가 나에게 전화를 했었다. 얼마 전까지는 지하철을 타기 위해 하얀 표(무료 승차권)를 내밀면 역무원이 확인차 신분증을 보여달라고 했었는데 지금은 무조건 통과를 시킨다고, 자신이 그만큼 늙어 보이기에 그런 것 아니냐고 서글프다고 하소연했던 기억이 난다.

세월은 누구에게나 공평하게 가는 것인데 자신만을 피해 가기를 바라는 언니의 마음을 이제야 알 것 같다. 무엇보다 70~80세가 훌쩍 넘은 언니, 오빠들의 모습을 보면서 세월의 덧없음을 느낀다. 나이 들면 약해지는 것은 자연스러운 현상이지만, 치매로 암으로 풍으로 한 사람씩 병들어가는 것을 보니 세월 앞에 쉽게 무너지는 육체의 나약함을 더욱 느낀다.

총기가 좋았던 둘째 언니도 그 누구보다 목소리가 우렁찼던 큰언니도 예외가 없다. 나 자신도 작년 다르고 올해가 다른 것을 느낀다. 요즘은 좋은 음식을 배불리 먹어도 속이 허하고 무리하지 않았는데도 온몸이 자근자근 아프다. 오호라~ 어찌할까나!

마음 따로 몸 따로

—

연일 35도 이상을 오르내리는 폭염으로 식물들이 뜨거움을 견디지 못해 잎사귀들이 타들어 가고 있다. 30여 년을 키워오던 문주란마저 베란다에서 아파트 앞 화단으로 이사를 시켰다.

갈수록 이상기온이 더욱 심해짐을 느낀다. 세월 앞에서 모든 자연이 고개를 숙이고 있는 모습이다. 엊그제 말복이 지나니 바람결도 한결 시원해졌다. 좋은 계절이 왔지만 나에게 불청객이 찾아왔다. 3일 전부터 특별히 힘든 일을 한 것도 아니고, 무리한 운동을 한 것도 아닌데, 허리 병이 났다. 침대에서 일어나려는데 허리의 느낌이 이상했다.

예전 같으면 시간이 지나면서 저절로 회복되었을 텐데, 점점 통증이 심하게 오는 것이 아닌가. 내 몸의 심각함에 한의원에 들러, 침도 맞았지만 별 효과가 없다. 밤새도록 아파서 일어나 앉기도 누워있기조차도 힘들다. 화장실 다녀오는 것도 얼마나 힘들던지, 결국 진통주사를 맞고서야 통증이 줄어들었다.

생전 처음 당하는 일이라 당황했다. 정년을 65세로 정해놓은 이유를 조금은 알 것 같다. 긴 세월 동안 사용했으니 젊을 때와 같지 않은 것은 당연한데, 내 마음은 왜 이리 서글퍼 지는지, 인생 2막을 설계하면서 희망을 가지고 나가려는데, 검은 먹물을 끼얹은 것 같은 느낌이다.

마음 따라 몸이 따라가면 좋으련만 얄궂은 나의 몸이 안쓰럽다. 아직도 해보고 싶은 것도 많고, 가보고 싶은 곳도 많은데 어찌하면 좋을지…. 세월의 흐름 앞에 장사가 없다는 것을 다시금 느껴본다.

하마터면 보이스피싱에

——

65번째 생일날 어처구니없는 일이 생겼다. 똑똑하다는 소리를 듣고 살아왔는데 일명 '보이스피싱'에게 걸려든 일이 있었다. 나이가 들었다는 것이 실감 날 정도로 엄청난 일이었다. 카톡으로 물품이 배송되었다는 메시지를 보고 전화를 한 것이다.

보이스피싱범은 '핸드폰이 해킹당한 것 같으니 사이버수사대를 연결해서 모든 바이러스를 삭제하라'고 권한다. 난 아무런 의심도 없이 그렇게 해 달라고 했고 피싱범은 내 핸드폰에 앱을 설치하려고 했으나 번번이 실패를 하니 다른 사람을 바꿔준다. 그래도 설치를 못 하니 이제는, 나 때문에 선의의 피해자가 많이 생겼으니 조사받아야 한다며 3일 동안 구금상태로 조사해야 하니 옷가지를 챙겨서 나오라고 한다.

잘못한 것이 없는데 왜 조사받아야 하냐고 했더니, 그러면 약식으로 해결해 줄 테니 은행에 넣어둔 상품들이 무엇이 있는지 상세히 얘기하라고 한다. 그래야만 보호조치를 할 수 있다고 한다. 계속해서 무섭게 다그치는 바람에 신분증까지 전송했다. 지금 다시 생각해도 믿기지 않는 일이 발생했다.

이때까지 그들이 보이스피싱범인지 전혀 눈치를 채지 못했다. 바보! 바보! 천만다행히도 그들이 정기예탁금 통장에 있는 것을 입출금 통장으로 넣어달라고 하는데 그때 서야 보이스피싱 이란 생각이 퍼뜩 들었다.

정신을 차리고 그들이 띄운 카톡창에 "당신은 보이스피싱범이다. 지금 경찰에 신고했다"라고 메시지를 남기고 전송한 사진도 삭제하고 급히 나와 112에 신고하니 요즘 보이스피싱들의 신종수법이라고 하면서 잘 대처하셨다고 다행이라고 한다.

혼자서 곰곰이 생각해 보았다. 음식을 조리하는 로봇처럼 문명의 이기인 핸드폰이 생기면서 생겨난 범죄 수법이라 생각하지만, 몇 시간 동안 불안에 떨면서 이것저것 그들이 시키는 대로 한 나 자신이 참으로 서글퍼졌다. 예전의 경험도 있으니 모든 위험에 잘 대처할 수 있으리란 나 자신의 믿음이 허사로 돌아간 것 같아 씁쓸했으나 순간의 대형 사고를 막아주신 주님께 감사를 드린다.

이일을 계기로 혹여나 불미스러운 일이 생길까 해서 금융

감독원 홈페이지에 들어가 '개인정보 노출자 사고 예방 시스템에 등록'을 하고, 통신사에 찾아가 '명의도용 가입 제한 서비스'를 하면서 앞으로는 모든 일에 좀 더 침착해지리라 다짐한다.

인생의 떨림들

—

　내 나이 6학년. 누구나 그렇듯 열심히 살아왔다. 내 몸을 보살필 여유도 없이 맡겨진 책임을 다하기 위해 최선을 다했고, 힘들었지만 모든 것을 감사하면서 살았다. 그러나 세상은 공짜가 없음을 느낀다. 언제부터인가 하나씩 나타나는 내 몸의 약한 증상 때문에 감정의 떨림이 생겼다.

　모든 자연의 이치가 그렇듯 지극히 당연한 일이지만 갑작스러운 현실을 받아들이기가 쉽지 않았다. 얼마 전 만난 오빠, 언니들의 주름진 얼굴을 보며 더욱 실감했다. 주님이 나를 부르시는 날까지 건강하게 행복하게 살 것 같았는데, 살아온 세월의 흔적은 고스란히 현재의 내 모습으로 남아있는 세월의 떨림이 안쓰럽기까지 하다. 이런 나 자신이지만 밖에 나가면 아직도 50대로 보는 사람이 있음에 솔직히 기분은 좋았다. 그러나 바로 꼬리를 내려야 하는 일이 있었다.

며칠 전 TV 프로에서 103세 여성 장로님의 간증과 외모를 보며 깜짝 놀랐다. 노령의 나이에도 단아한 외모에 말씨뿐 아니라 여자의 향기가 남아있음을 보며 자신의 마음과 몸을 잘 다스리고 보살피신 비결을 배우고 싶었다. 무엇보다 지금까지 살아오신 중심에 변함없는 믿음이 너무 부러웠다. 나 자신도 나름대로 잘 살아왔다고 자부하고 있었는데 엄청난 고수

가 계셨음에 부러움의 떨림이 느껴졌다.

작년 봄 지하철 무임승차 카드를 받았을 때 감사의 마음속에 야릇한 떨림이 있었다. 가끔씩 무료 승차하는 기쁨(?)도 누리고 있지만, 그날의 내재 된 떨림이 문뜩문

뜩 느껴진다. 내 나이 39세에서 40세로 넘어가는 시간에도 떨림이 있었다. 혼자 어찌할 바를 몰라 KBS 라디오 방송국에 편지를 보냈었다. 생방송으로 진행하는 프로였기에 흥분이 되었던 기억이 난다.

내 나이 50에 큰딸이 결혼했다. 그 이듬해 할머니가 되었다. 할머니라고 부르는 손주에게 이제부터 할머니라 부르지 말라고 혼을 내주었다. 나의 속내를 아는 손주는 "할머니" 대신 "외 할머니"라 부르고 도망쳤다. 가끔씩 고등학생 손주를 보며 세월의 떨림을 느껴본다. 내 남은 인생은 기분 좋은 떨림만 있기를 기대해 본다.

신애 파이팅
—

해마다 이맘때면 내 몸은 이상 징조를 나타낸다. 일명 해빙(解氷)병이라고 나 스스로 병명을 붙여본다. 겨우내 두꺼운 얼음이 따뜻한 봄기운에 녹아내리면서 보이지 않게 살며시 무너지는 얼음조각처럼 얼어있던 나의 육체가 서서히 봄을 맞이하기 위한 준비인가 보다.

누우면 바로 죽을 것만 같은 나의 몸이다. 겉으로 보기엔 멀쩡한데. 오늘 철쭉 화분에 물을 주다 보니 핑크빛 꽃봉오리가 올라오고 있었다. 꽃봉오리가 올라오기까지 얼마나 많은 고통이 있었는지 식물은 말이 없기에 고통의 정도를 알 수 없지만, 나의 예민한 몸을 통해서 느낄 수 있을 뿐이다.

모든 우주만물이 함께 움직임을 다시금 느껴본다. 아픔을 달래고자 딸아이 앞에서 푸념을 해 보는데, 되돌아오는 말 "엄마는 언제나 그랬잖아." 처음 겪는 일도 아니라는 듯 톡 쏜다. 조그만 위로를 받으려다가 '되로 주고 말로 받는 격'이 되었다.

"나쁜 계집애, 너도 내 나이 돼봐라." 서운한 마음에 속으로 한마디 해 보았다. 그래도 감사한 것은 오늘 새벽 설교는 언제 아팠냐는 모습으로 당차게 전했다. 오늘 전한 말씀처럼 나 자신 '하나님의 뜻을 이루는 삶'이 되기를 다짐하면서 이 시간 독수리 날개 쳐 올라감 같은 새 힘을 주실 것을 간구한다. 우리 신애 파이팅!

나를 향한 청문회

　따스한 햇살이지만 찬바람이 매섭게 분다. 인생도 이렇게 흐렸다 개었다 바람이 불었다 잔잔해졌다 하면서 흘러간다. 어디 인생뿐이랴! 우주 만물도 오랜 세월 크고 작은 변화를 겪으면서 지금까지 존재해 왔다. 나 자신도 이 세상에 태어나 많은 일을 겪으면서 세월을 보내고 있다.

　국방부 장관 청문회가 TV에 나온다. 막중한 책임을 지고 나라를 지켜야 하는 무거운 사명 때문인지 잔뜩 긴장된 모습이다. 나 자신도 사명자로서 자격이 있는지 스스로 청문회를 해 본다.

　나라와 민족, 교회와 성도를 위해 날마다 부르짖어 기도하는지?

　영적으로 죽어가는 가족과 이웃에게 복음을 담대하게 전하고 있는지?

　주님, 한없이 부족한 저를 용서하여 주시고 붙들어 주소서!

　주님, 저에게 독수리의 날개 쳐 올라감 같은 새 힘을 주소서!

　주님, 주의 일을 기쁘게 즐겁게 감당하면서 살아가게 하소서!

주님, 약할 때마다 강함을 주시는 주님의 손길을 항상 느끼게 하소서!

인생의 가을
—

나는 우주만물 중에 지극히 작은 자임을 고백합니다. 점 하나에도 못 미치는 작은 존재이지만, 내 영혼은 우주 끝 어디든지 갈 수 있는 신령한 존재임도 믿습니다. 세상 많은 사람들은 자신들의 지·정·의대로 살아갑니다. 영원히 살아있을 것 같은 마음으로 살아갑니다.

인생 100년은 우주만물의 시간에 비하면 눈 깜짝할 시간보다 짧음에도 어리석은 우리 인생들의 눈은 보이는 것에만 집중합니다. 물론 호흡이 있는 동안 열심히 살아야겠지만 중요한 것은 인생의 가을은 영혼을 준비하는 일에 신경을 더 써야 합니다.

몸은 한 해 한 해 다르게 변합니다. 기력도 떨어져 진액이 부족함을 느낍니다. 입술도 마르고 뼈마디의 엉성함도 느끼고 체력도 달립니다. 아침마다 요가를 하고 등산과 트레킹을 하지만, 말로 표현 못 하는 증상들이 하나둘씩 생깁니다. 누구나 겪는 가을이건만 오늘따라 나 자신 작아짐을 느낍니다.

체력을 조금만 벗어나도 힘듦을 느낍니다. 그러나 60여 년을 건강하게 살아올 수 있었음에 감사한 마음입니다. 비가 오는 늦가을 오후 시간입니다. 가을빛으로 농익어 가는 나무 잎 위로 비가 오고 있습니다. 나이 많은 남편을 비에 젖은 낙엽이라 한다지요? 떨치려 해도 떨어지지 않는 낙엽이라고. 슬프지만 그래도 사랑스럽지 않나요? 끝까지 엄마 곁에 있으려는 자녀의 모습과 닮은 것 같다는 생각이 듭니다. 힘들어도 함께 가야 하는 사람이기에 내치지 말고, 포근하게 감싸주면서 살기를 바라는 마음입니다. 옆 지기가 있음에 감사하면서요.

4. 사랑하는 딸들

평행선을 달리는 이유

응애응애~. 울음소리가 세차게 들린다. 1월 4일 새벽 5시, 영하 21도 추위가 맹위를 떨치는 날에 나의 막내딸은 청주 유산부인과에서 태어났다. 그 당시 분만실이 얼마나 춥던지 아기를 씻기지도 못한 채 집으로 데리고 왔다. 이렇게 태어난 딸이 지금까지 나와 37년 함께 살고 있다.

속히 짝을 찾았으면 하는 바람이지만 뜻대로 되지 않는다. 결혼은 그렇다 치더라도 마음이라도 맞으면 좋겠는데, 현재까지 우리 모녀는 꼭짓점이 없이 날마다 평행선을 달린다. 나와 체질이 다르기에 맞을 리 없음을 이미 알고 있지만 힘들다. 차라리 혼자가 편하겠다는 생각도 하지만 정 때문에 싸우면서 살고 있다.

딸은 자신의 주장을 굽히질 않는다. 엄마의 마음을 알려고도 않는다. 그 이유가 무얼까? 곰곰이 생각해 본다. 어린 나이에 엄마, 아빠의 흡족한 사랑을 받지 못한 것이 큰 이유일 것이란 생각이 든다. 지금도 인형을 좋아하는 모습에서 딸아이의 내면을 조금은 이해할 것 같다. 유년기와 청소년기를 보내면서 하고 싶은 것들을 마음대로 해 보지 못함이 쌓였을 것 같아 가슴이 시리다.

당시 현실은 딸아이의 마음을 읽어줄 여유조차 없었다. 모든 것이 때가 있고 시기를 놓치면 쉽지 않은 것도 알지만, 엄마인 나도 어찌할 수가 없었음에 심히 안타까운 마음이다. 인생사가 마음대로 된다면 얼마나 좋을까? 내 뜻과 의지와는 상관없이 흘러갈 때가 얼마나 많은가!

인간의 삶은 오직 전지전능하신 그분만이 아시기에 사람의 힘만으로는 어찌할 수 없을 때가 많다. 엄마가 되어보면 저절로 알겠지만, 언젠가 엄마를 이해할 때가 오기만을 기다린다. 꼭짓점에서 마음이 만나기를 오늘도 기대한다.

애타는 어미의 마음

───

사람은 태어나면서부터 누구든 만나며 살아간다. 아버지, 엄마, 할아버지, 할머니, 형제자매, 일가친척, 친구, 이웃 등등. 특별히 부모와 자식은 내가 좋든 싫든 상관없이 한 지붕

아래서 오랫동안 살아간다. 마냥 어리기만 했던 아이들이 머리가 커지면서 점점 자기주장이 강해진다.

부모 말을 귓전으로도 안 듣고 자신의 이기적인 마음만 커진다. 아마도 스스로 독립할 때가 가까웠기 때문이라 생각한다. 우리 집에도 반평생을 함께 살아가는 딸이 있다. 그동안 수많은 사람을 만났지만, 짝이 아니었는지 아니면 눈높이가 높은 건지, 내가 보아선 괜찮은데 딸아이는 한두 번 보고는 무 자르듯 과감하게 잘라버린다. 근 10년째다.

이젠 아이도 지나고 청년기도 지나는 나이인데 애가 타는 내 심정을 알까? 한 사람으로 태어나 한 사람을 이 세상에 남겨놓고 떠나는 것이 본전의 인생인데 본전도 안 하려는 것인지 알 수 없다. 물어보면 결혼이 싫어서가 아니라 자신에게 맞는 사람이 없다고 한다. 우리네 인생 속에 기회가 자주 찾아오지 않기에 찾아온 기회를 잘 붙잡는 것이 얼마나 중요한지를 생각한다. 부디 올해는 좋은 사람 만나 연애도 하고, 아름답고 화목한 가정을 꾸릴 수 있도록 주님께서 은혜 베풀어 주시기만을 기도한다.

친구 같은 딸

젊은 시절엔 누구든지 앞만 보고 달려간다. 최종 목적지가 어디인지를 잊은 채 바쁘게 살아간다. 시간이 흘러 인생의 중반을 넘어설 즈음엔 자신을 돌아보면서 후회를 하게 된다. 그동안 나는 무엇을 위해 살았는지, 왜 그렇게 애를 쓰며 살았는지, 굳이 답을 한다면 주어진 책임감 때문에 이 길만이 최선의 길이었노라 말한다.

인생은 누구나 행복하기 위해 살아간다. 그러나 인생은 예행연습이 없기에 지나고 나면 후회할 때가 많이 있다. 환갑이

훨씬 넘은 이 나이에 삶의 우선순위가 무엇인지 생각해 본다. 인생을 내 것으로 만드는 자만이 최대의 행복을 누리며 살 수 있고, 삶의 우선순위란 큰 것에 있는 것이 아니라 작은 행복에 있음을 깨달았다.

오늘 나는 그 행복을 누려보았다. 노후에 꼭 필요한 것이 돈, 친구, 딸이라고 누군가 말했듯이 40여 년을 함께 한 큰딸과 오붓한 데이트를 했다. 늘 친구 같은 때론 친정엄마 같은 딸이다.

언제나 긍정적인 대화로 엄마의 마음을 잘 헤아려 주는 딸이다. 무엇보다 두 아들을 똑 부러지게 양육하는 지혜로운 딸이다.

찌뿌둥한 날씨 탓인지 따뜻한 봄기운이 있긴 하지만, 몸이 욱신거린다. 이런 날은 찜질방이 제격인 것 같아 소나무 향기가 진하게 퍼져있는 방에 누웠다. 딸과 이런저런 이야기가 끝이 없다. 딸이지만 무슨 이야기든지 다 들어주고, 때론 엄마를 가르쳐주기도 하면서 누가 엄마인지 모를 정도로 가까운 친구 같다. 아들만 있는 엄마가 제일 부러워하는 것이 딸 가진 엄마라고 하는 이유를 알 것 같다.

약한 체질이라 지금까지는 한두 번 찜질방에 들어갔는데, 오늘은 네 번이나 들락날락하면서 오랜만에 찜질을 제대로 한 것 같다. 딸은 시트팩을 내 얼굴에 붙여준다. 조금이라도 젊은 엄마가 되길 바라는 그 마음이 고맙다. 준비한 호박죽과 과일, 다과를 펴 놓으니, 마치 소풍 온것 같다. 이런 시간이 행복이지 싶다. 일상 속에서 서로 대화하면서 부족한 것들을 채워주면서 늘 엄마를 위해 무엇이든지 주고 싶어 하는 딸이 있어 감사하다.

좋은 만남이 이루어지길
—

　사랑하는 막내딸이 벌써 30대 중반이다. 그 나이에 나는 초등학생 학부모였는데 나보다 10년이나 늦어진 나이다. 그동안 많은 사람을 만났지만, 아직도 짝을 찾지 못했다. 하지만 하나님은 70억 인구 중 맞는 짝을 정해놓으신 줄 믿는다.

　오늘은 두 사람만의 미팅이 아닌 부모님이 함께하는 자리를 마련했다. 딸아이는 요즘 시대에 부모님과 함께 맞선을 보는 것은 타당하지 않다고 앙탈을 부린다. 내 생각도 그러하지만 중재하시는 목사님의 의견을 존중하는 마음으로 승낙을 했다. 유난히도 가을 하늘이 맑고 푸르다.

이렇게 좋은 날, 예비 사위에게 나름 기대 해 본다. 따사로운 햇살같이 포근한 배우자이길 원한다. 넓디넓은 푸른 하늘처럼 그 마음이 넓고 포용력 있는 배우자이길 원한다. 어떤 어려움도 이겨낼 수 있는 끈기 있는 배우자이길 원한다. 쉽게 흔들리는 뿌리 없는 모습이 아니라, 언제나 변함없는 사랑의 마음을 품은 배우자이길 원한다. 30여 년 삶도 다르고 성격도 다른 두 사람이 만나는 시간이기에 오직 주님만 의지하면서 소원의 마음을 주님께 아뢴다.

사랑하는 딸에게도 기대를 한다. 이제부터는 언제나 하나님께 감사하면서 알콩달콩 살아 가는 아름다운 가정을 세우기를 축복한다. 자신을 내려놓고 나보다 상대방을 낮게 여기는 마음이길 바란다. 나 한 사람의 헌신이 가정의 행복을 만들 수 있다면 기꺼이 헌신할 수 있는 그런 딸이길 바란다.

아직도 마음속에 어린 시절 상처가 남아있다면, 예수님 보혈의 피로 깨끗하게 씻겨지길 기도한다. 언제나 선한 마음으로 긍정적인 마음으로, 언제나 감사가 넘치는 마음으로 살아 가는, 지혜로운 딸이 되기를 간절히 바란다. 주님이 함께하시는 만남이길 기도한다.

왜 아웅다웅하면서 살까

연일 계속되는 폭염이기에 여름휴가를 가평 용추계곡으로 정했다. 새벽 4시, 아직 어둠이 채 가시지 않은 새벽이다. 딸의 애마는 뻥 뚫린 도로를 점령하고, 액셀을 힘껏 밟으며 가평을 향하다 보니 벌써 내부순환도로다. 북한산을 끼고 미끄러지듯 질주하는 딸의 애마 차창 너머로 동이 트는 모습이 장관이다.

국내에서 새벽 출발이 처음이기에 신기하다. 마치 해외여행 가는 기분이다. 산을 좋아하기에 목적지 용추계곡길을 따라 연인산 정상을 향해 오른다. 딸은 온 천지가 앉을 자리인 넓디넓은 계곡에서 괜찮은(?) 장소를 맡아 은박자리를 깔아 놓는다.

계곡 물소리와 어울려 하늘에서는 하얀 구름이 바람에 살랑거리며 떠 노니는 풍경이 그림 같다. 연인산 정상까지 아직도 1,000m가 남았다. 물소리 새소리 바람 소리에 지루하진 않지만, 다리가 아파 온다. 아쉬움을 뒤로하고 계곡을 끼고 되돌아 내려왔다.

온전히 자연이 만들어낸 계곡물이 얼마나 맑고 깨끗한지 도저히 참을 수 없기에 운동화와 양말을 벗어 던지고 계곡물에 발을 담가본다. 와~ 너무 시원하다. 문득 고향 생각이 난다. 친정 올케언니와 대가족 빨래를 가지고 맑은 물이 철철 흐르는 계곡에서 빨래한 후 넓은 바위에 펴서 말렸던 기억을 추억하면서 그때의 생각에 잠겨있는데, 딸아이는 심심하니 영화나 보자고 한다.

계곡 물소리를 경음악 삼아 이어폰을 하나씩 나누어 꽂고, 영화 한 편을 보는데 계곡으로 불어오는 바람 때문인지 젖은 옷 때문인지 온몸이 오들오들 추워 온다. 깔아놓았던 은박지를 몸에 둘둘 말아보지만, 소용이 없다. 결국 주차장에 세워둔 차를 향해 go. 한여름 뜨거운 차 안이 이렇게 고마울 수 없다.

온몸을 녹이고 나니 한결 살 것 같다. 때가 되니 배가 슬슬 고파온다. 춘천닭갈비집으로 달려가 맛난 식사를 하니 너무 행복하다. 그러나 그 행복도 잠깐, 식사 후 차를 마시며 휴식을 취하려는데 딸아이는 차가 밀리니 빨리 가자고 한다. 난 '밀리면 밀리는 데로 천천히 가자'라고 했지만, 알아듣지 못한 채로 시동을 건다.

여행할 때마다 티격태격 싸우는 모녀, 이를 어찌할꼬. 맛나게 먹은 닭갈비가 다시 올라올 것 같지만, 꾹 참으며 이어폰을 꺼내 하나님 말씀으로 평온을 찾아본다. 한참을 그렇게 각자의 마음으로 같은 차 안에서 동행한다. 차창 너머로는 잠실 한강공원이 보이고, 하늘에서 펼쳐지는 구름이 정말 예술적이다.

핑크색 구름, 회색 구름, 보라색 구름. 이 시각 하늘에서는 아름다운 향연이 펼쳐지고 있었다.

넘어가는 태양 빛을 따라 변하는 하늘이 참으로 경이롭다. 이 광경에 잠시 쉬었다 가자고 하니 웬일인지 딸아이는 순종한다. 늘 이러면 얼마나 예쁠까! 차에 있던 돗자리를 한강공원 잔디에 깔고 누워 본다. 대한민국 서울의 하늘이 드넓게 보인다.

얼마 전 완공된 롯데타워도 보인다. 까마득히 보이는 별무리들도 환상적이다. 그 옆으로 완연하게 빛나는 별들이 반짝거린다. 서로가 그리워하면서 바라보는 것 같다. 저 별들처럼 언젠가는 만날 수 없다는 것을 알면 서로가 그리워할 텐데…. 사람들은 왜 아웅다웅하면서 살까?

애증의 관계

—

싫어하지는 않지만, 마음이 통하지 않는 엄마와 딸은 애증의 관계다. 딸은 스트레스를 받으면 모든 것이 엄마 때문이라고 한다. 언제나 수평으로 달리는 엄마와 딸, 언제 그 마음이 합쳐질지? 마음속으로 삭일 때도 있지만 힘들 때는 기도하므로 평정을 유지한다.

오늘 아침에도 어젯밤 늦게 들어와 잠도 못 자고 일찍 일어나는 딸이 안쓰러워 조금 더 자라고 하는데 화를 벌컥 낸다. "누구는 더 자고 싶지 않느냐"며 피곤한 몸으로 출근하는 모습이 안쓰러워 딸의 손을 잡고 힘든 일이 있을지라도 주님을 의지하길 바라며 악한 세력도 예수의 이름으로 물리쳐달라고 간절히 기도했다.

잠시, 지난날 나의 삶을 돌이켜 보았다. 참으로 막막하기만 했던 그때, 오직 주님의 손을 붙잡고 기도하면서 힘들었던 일들이 하나하나 해결됨을 체험하게 하셨다. 사랑하는 딸에게도 주께서 함께하시어 그 마음을 시원케 하시며 직장의 환경까지도 주관하여 주시고 날마다 평안하게 감사하게 기쁨으로 일 할 수 있도록 영·육간 회복되길 간절히 바라는 마음이다.

결혼하지 않는 이유

—

요즘 젊은이들은 결혼은 선택이라고 한다. 물론 자신의 인생이니 본인의 선택이 중요하다. 그러나 이면에는 자신만의 이기주의가 포함되어 있는 것은 아닌지? 남편도, 아내도, 자식도, 부모도, 자신을 힘들게 할 수 있다는 생각이 앞선 것이다. 맞벌이를 해도 자신들의 욕망을 충족시킬 수 없다고 생각한다.

예나 지금이나 사람 살아가기는 비슷한데, 아니 예전에 비하면 얼마나 잘 사는 나라가 되었는지 모른다. 그렇다면 남보다 풍족함이 없는 자신을 보며 상대적 빈곤을 느끼는 것이라 생각한다. 주위의 시선을 의식하면서 다른 사람들보다 내가 더 잘 살아야 한다는 비교 의식 때문에 젊은이들이 병들고 있다. 이처럼 젊은이들이 순수한 모습은 사라지고 약삭빠른 모습을 보면서 마음이 무겁다. 이것저것 따지다 보면 걸리지 않는 것이 과연 있을까?

결혼이란 배우자를 위한 헌신이 필요하고 가족을 돌보아야하는 책임감도 따른다. 양가 부모님께도 자식 된 도리를 해야한다. 하지만 결혼도 하기 전 손익을 머리로 계산하는 것이 새로운 가정을 꿈꾸는 설렘보다 앞서기에 결혼을 하지 않는 것 같다. 젊은이들에게 혼자 세상을 살아가는 것이 얼마나 힘들고 쓸쓸한지를 이야기해 주고 싶다.

난 남편을 보내고 지금까지 35년을 살아왔기에 얼마나 힘이 들었는지 모른다. 많은 빚까지 있는 상태에서 어린아이들을 키우는 것은 날마다 눈물로 기도하지 않고는 감당할 수 없었다. 죽음이란 불가항력적인 신의 영역이기에 현실을 받아들이면서 살아왔다. 지금은 아이들이 성장해 자신의 몫을 잘하고 있지만 이제는 가장으로서의 힘듦이 아니라 가끔씩 '혼자'라는 외로움에 힘이 든다.

물론 나를 사랑하시는 예수님이 계시지만, 나이가 들어감에 약한 나의 몸이 마음까지 나약하게 만들고 있다. 건강할 때는 '이제는 좋은 사람을 만나 남은 인생 행복하게 살아야지'하면서 살았지만 아플 때는 나 혼자의 몸도 이렇게 힘든데 이제 이성을 만나 어떻게 감당할 수 있겠나 싶다.

엊그제 80대 재혼 부부가 어느 방송에서 이야기하는 것을 들었다. 그들은 70대에 만나 10년째 아주 잘살고 있다는 이야기다. 황혼일지라도 혼자보다는 둘이 사는 것이 더 낫다고 하면서 자연스러운 스킨십까지 하는 것을 보았다. 그동안 많은 지인으로부터 재혼의 권유도 받았다. 그러나 아이들이 사춘기 때에는 혹시나 상처 줄까 봐, 성장해서는 결혼이라도 시켜놓고 하면서 살아왔다.

이 모든 것은 엄마로 가장으로 책임감이었다고 말하고 싶다. 세월이 나를 기다려 주지 않음도 이미 알고 있었지만, 나이 들어 혼자 살아간다는 것이 젊을 때보다 몇 배가 더 힘들다는 것을 새삼 느끼며 결혼을 기피하는 젊은이들에게 충고하고 싶다.

분가한 딸
—

함께 살던 막내딸이 직장 관계로 이사를 했다. 결혼으로 새살림을 꾸리는 것이라면 더없이 좋을 텐데, 마음이 여린 딸이 홀로서기에 잘 적응하기를 바라는 마음이다. 독수리는 자신의 새끼를 둥지에서 떨어뜨리기까지 하면서 강인함을 배우게 한다. 일찌감치 자신의 생명을 지키는 훈련으로 종족을 이어가는 모습이다.

부모 자식 간에도 언젠가는 이별의 때가 오기에 독립이 필요함을 느낀다. 험난한 이 세상에서 살아남는 방법을 스스로 터득하고, 세상과 함께 어울리면서 살아가는 지혜를 얻으며 성장함이 인생이 아닐까 한다.

자식만이 아니라 부모도 마찬가지라 생각한다. 나이 듦에 마음도 몸도 약해지지만, 자녀에게 짐이 되지 않도록 건강관리도 잘하고 취미생활도 하면서 즐겁고 기쁘게 살아야 한다. 때론 자신의 마음대로 몸이 안 따라 줄 때도 있겠지만, 날마다 긍정적인 모습으로 활기찬 모습으로 기쁜 마음으로 살아가면 건강한 삶이지 싶다. 무엇보다 분가한 딸이 잘 적응하기를 엄마가 응원한다. 나의 사랑하는 막내딸 파이팅!

5. 서울 근교 나들이

경복궁

경복궁은 1395년에 창건된 조선왕조의 법궁(왕이 거처하는 궁궐) 가운데 으뜸 되는 궁궐이다. 뒤로는 백악산이 정문으로는 광화문과 정치와 경제의 중심인 육조거리(지금의 세종대로)가 있다. 경복궁의 경복(景福)이란 이름은 '새 왕조가 큰 복을 누려 번영할 것'이라는 의미가 담겨 있으며 정도전이 이름을 지었다.

선조 25년(1592년) 임진왜란으로 전소되고, 270년 후 고종 4년(1867년) 흥선대원군이 중건하였다. 당시에는 왕과 관리들이 업무를 보던 외전과 궐내각사, 왕과 왕비 및 궁인들의 생활전각과 휴식을 위한 정원 등 500여 동의 건물이 조성되었지만, 일제 강점기 때 일본에 의해 의도적으로 훼손되었고 1915년에는 조선물산 공진회를 개최한다는 구실로 90% 이상의 전각이 헐렸다.

1990년부터 복원사업으로 조선총독부 건물을 철거하고 본래 모습으로 복원되었지만, 복원되었다는 이유로 '세계문화유산'에 들지 못하는 것이 아쉽다. 경복궁은 배산임수(背山

姙水) 설계로 정교하게 지어졌다. 뒤쪽으로는 백악산 앞으로는 한강이 있다. 처음 관문인 광화문은 세종이 만들었고 광화문의 화(化)는 백성을 교화시키겠다는 의미이며 입구에 '해태상'은 불을 먹는 동물로 남대문을 바라보는데 관악산의 화기를 막고자 세워졌다고 한다.

광화문을 지나 홍례문 근정문을 들어서니 근정전의 장엄한 모습이 보인다. 근정전은 왕의 즉위식이나 문무백관의 조회, 과거 및 외국사절의 접견 등 국가의 공식 행사를 치르던 곳이다. 근정전 앞 광장에는 말뚝이 박혀 있는데 정일품은 영감, 정이품은 대감들의 자리로 권력 앞에 위력이 느껴진다. 햇살이 뜨거울 때는 근정전 앞에 천막을 치는데 정일품까지만 천막 안에 들어갈 수 있다고 한다.

사정전은 왕의 집무실, 강녕전은 침전과 독서, 휴식 공간으로 국정현안을 의논한다. 교태전은 '자녀를 만드는 곳'으로 왕비의 침전이며 후원인 아미산은 계단식 화단이 있고 덩굴무늬, 학, 박쥐, 봉황, 소나무, 매화, 국화, 불로초, 바위, 새, 사슴 등의 무늬가 조화롭게 배치되어 있는 육각형 굴뚝은 보물 제811호로 지정되었다.

아미산 굴뚝 옆으로 고종의 양모인 조대비(신정왕후)를 위해 지은 자경전이 있고 세자가 공부하는 비현각과 세자, 세자빈이 머무는 자선당이 아름다운 궁궐의 모습을 자아내고 있다. 호수와 어우러진 경회루에는 늘어진 수양버들과 코발트빛 푸른 하늘이 너무 아름답다. 이곳에서 왕이 신하들에게 연회를 베풀거나 외국 사신을 접대하고 과거시험과 기우제도 지냈다.

경회루의 모습이 호수에 그대로 반영되는 데칼코마니 같다. 경회루 곁 수정전은 세종대왕이 한글을 편찬한 집현전이다. 한글을 만들어 주신 세종대왕의 업적에 감사를 드리며 민족의 슬픈 역사가 배어 있는 건청궁으로 발걸음을 옮겼다. 이곳은 고종이 대원군으로부터 벗어나기 위한 곳이기도 하지만, 특별히 민비를 위한 곳으로 정원인 향원정(한강의 진원지)과 곤녕합, 옥호루, 왕의 처소인 장안당이 있으며 곤녕합은 고종 32년 을미사변 때 명성황후가 살해된 비극의 장소이다.

국모를 무참히 죽인 일본인의 사악함이 느껴지는 장소를 접하니 가슴이 아려온다. 다시는 이 나라에 이런 비극적인 일이 일어나지 않도록 나라를 위해 기도해야 함을 절실히 느낀다.

광화문에서 청계천까지

—

2015년에 맞이하는 추석이다. 온 가족과 집 근처 수목원으로 보름달을 보러 나갔다. 낮에는 한여름이지만 밤공기는 차갑게 느껴진다. 추위를 잘 타는 큰딸은 담요까지 준비하여 기운이 넘치는 아들들을 꽁꽁 싸매준다. 딸의 모습에서 모성애가 느껴진다. 훗날 어미의 마음을 알아주는 손주들이 되기를 바란다.

수목원을 밝히던 청보라색 조명등이 휘영청 밝은 보름달에 기가 죽어있다. 이런저런 묵은 이야기를 나누며 걷다 보니 벌써 밤 10시다. 내일은 광화문과 북촌마을을 가기로 했다. 광

화문에 세워진 세종대왕 동상을 배경으로 사진을 찍어본다. 세계적으로도 손색이 없는 한글을 만들어 주신 세종대왕님께 감사를 드리며 근처 벼를 심어놓은 정원에서 허수아비가 새를 쫓고 있기에 손자 우석이와 허수아비 체험에 들어갔다. 정말 비슷하다.

모두들 깔깔거린다. 한참을 웃다 보니 구름 떼처럼 많은 사람이 웅성거린다. 추석을 맞아 경복궁에 들어가기 위한 줄이다. 외국인도 상당히 눈에 띈다. 대한민국이 글로벌 나라임이 실감 난다. 더군다나 외국인이 한국어를 잘하는 모습에 감탄. 나도 영어를 배워야겠다는 생각이다. 100세 시대에 이제부터라도 준비해야겠다.

광화문 맞은편 '광복 70년의 세월, 70가지 이야기'의 행사장으로 향했다. 지난 일제 강점기의 모습과 해방을 맞아 환희에 들떴던 모습 그리고 6·25 사변으로 폐허가 된 모습과 현재 남과 북으로 갈라진 역사를 살피다 보니 벌써 오후 2시, 손주들이 배가 고프다고 아우성이기에 북촌마을로 향했다.

한옥집을 이용한 음식점들이 빼곡하다. 만두집을 찾아 허기를 달래 본다. 오래 걸어 발바닥은 아프지만, 자녀들과 웃음꽃을 피우는 시간이 마냥 즐겁다. 맛집투어를 하다 보니 40여

년 전 여중시절이 생각난다. 안양 중앙시장 튀김집은 백 원에 손바닥 크기의 고구마튀김을 세 개나 주었다. 수업이 끝나자마자 단짝 친구들이 날마다 달려가곤 했던 장소다. 그 결과 1년 사이 체중 8kg, 키 10cm가 크는 충격적인 일이 생겼다.

골목길을 걷다 보니 사람들이 웅성거린다. 달고나에 그려 있는 그림만 빼내면 상품을 준다고 유혹한다. 솜씨 있게 잘 빼낸 막내딸은 책갈피를 선물로 받고 좋아한다. 기념으로 달고나를 들고 어색한 포즈로 사진을 찍는다. 참새가 방앗간을 거쳐 가듯 온갖 것을 먹어보면서 오르다 보니 벌써 인왕산 입구까지 왔다. 더 오르고 싶지만, 아이들 표정을 보며 산행은 포기하고 인사동으로 향했다.

오색조명등 아래 만물상이 다 나온 듯하다. 아이쇼핑을 신나게 하는데 갑자기 빗방울이 떨어진다. 어디든 떠나기만 하면 오는 비 오늘도 예외일 수는 없나 보다. 한적한 찻집을 찾아 비를 피해 본다. 따끈한 쌍화차 덕에 몸이 훨씬 가벼워졌다. 건물 한편에서는 캐릭터 사진을 그려주고 있었다. 어쩜 저리도 똑같이 그리는지 신기하다.

딸아이가 엄마도 한번 그려보라고 하기에 어색하지만, 얼굴을 내밀어 보았다. 손주와 딸들이 나의 캐릭터 그림을 보면서 깔깔거린다. 드디어 완성된 캐릭터 사진을 보니 영락없는 내 모습이다. 참으로 손재주가 놀랍다. 두고두고 추억을 간직하기 위해 코팅까지 했다.

가까운 청계천으로 향했다. 물결 위로 오색 그림들이 환영의 유희를 펼친다. 초록우산 수백 개가 물결 위로 펼쳐져 있다. 침침했던 예전의 청계천은 흔적도 없고 관광객들의 명소로 자리 잡은 장소가 되었다. 불빛을 따라 인증샷을 누르다 보니 벌써 밤 아홉 시가 넘어간다. 공휴일이기에 뻥 뚫린 도심의 도로를 질주한다. 내 마음도 뻥 뚫리는 기분이다. 가족과 함께 추석 연휴를 보낼 수 있음에 감사하다.

창덕궁, 창경궁

—

하늘은 높고 말은 살찐다는 천고마비(天高馬肥)의 계절에 창덕궁을 찾았다. 웅장한 창덕궁의 입구문인 돈화문(敦化門)은 입구가 5문이다. (궁궐의 문은 보통 3문) 지금은 사람들이 통과하지만, 전에는 임금님만 다녔다.

돈화문 기둥 옆 층계 위에는 백성들의 억울함을 표출하는 신문고가 있다. 창덕궁은 역대 임금들이 260년 동안 사용했던 궁궐이다. 후원인 비원(秘苑)은 자연 그대로의 지형을 살린 부용지, 애련지, 관람지, 존덕지의 이름을 가진 연못과 소요정, 청의정, 태극정의 아담한 정자가 연못과 어울려 관광객들의 눈을 호강시켜준다.

창덕궁에서 가장 품위 있는 인정전에 왔다. 인정문 기와지붕은 자두 꽃문양으로 이(李)씨 조선을 상징하며 이씨의 권력을 지키려는 치밀함이 느껴진다. 인정문을 지나니 왕의 즉위식이나 외국 사신을 접견하고 나라의 공식 행사를 치르던 인정전이 위엄한 자태로 우뚝 서 있다. 나도 모르게 엄숙한 마음에 자세가 반듯해진다.

내부에는 서양식의 커튼과 전등이 있다. 이 어울리지 않는 조화는 1908년 내부를 수리하면서 서양식 실내 장식이 도입되었기 때문이다. 인정전 옆 왕이 나랏일을 보던 편전으로 '선정전'이 있고, 왕과 왕비의 혼전으로 사용하던 '희정당'이 있다. 희정당 뒤쪽 '대조전'은 아기를 만드는 침전으로 왕비의 생활공간이다.

후원을 돌아보니 온난화 때문에 꽃을 피우던 나무들이 생기가 없어 보인다. 세자가 머물던 '성정각', 왕을 보좌하기 위해 세운 관청 '궐내각사', 역대 왕들의 초상화 어진을 모시고 제사를 지내던 '선원전', 헌종의 애틋한 사랑이 담긴 '낙선재' 그리고 궁궐에 남아있는 돌다리 중에 가장 오래된 금천교(錦川橋)가 아름다운 모습으로 반긴다.

특히 낙선재는 순종의 마지막 왕비 '순정효황후'와 영친왕의 부인 '이방자 여사' 그리고 영친왕의 동생 '덕혜옹주'가 생을 마칠 때까지 살았던 역사적 장소이기에 애잔한 마음이 들었다. 창덕궁의 이궁으로 세워진 창경궁은 수강궁이라고도 불리는데 세종이 아버지 태종을 위해 지은 신궁으로 정문인 '홍화문'을 지나면 '명정문'이 나오고 뒤로 '명정전'이 있다. 영조가 아들 사도세자를 뒤주에 가두어 죽게 한 장소 '문정전'에 이르니 그때의 참혹했던 참상이 느껴지는 듯하다.

당시 뒤주에 갇힌 아버지 사도세자의 비명을 직접 들은 어린 정조가 얼마나 무서웠을까 생각하니 눈시울이 붉어진다. 당시 뒤주를 갖다준 사람이 사도세자의 장인 혜경궁홍씨의 부친 홍봉한이라는 이야기도 있다. 당시 노론, 소론의 당파싸움으로 희생양이 된 사도세자의 슬픈 이야기를 듣다 보니 벌써 해가 저물어간다. 아름다운 우리의 유산 속 슬픈 사연을 생

각하는 날이었다. 역사의 뒤안길을 걸으며 다시금 이 나라에
비극이 없길 바라는 마음이다.

안산 자락길
—

　근 3개월 코로나로 이웃들과 함께 할 수 없었지만 우주만
물은 한순간도 어김없이 돌아가고 있었다. 답답한 마음에 마
스크로 단단히 무장하고 홍제동 안산 자락길을 찾았다. 만개

한 하얀 벚꽃과 푸른 하늘, 잔잔하게 피어있는 빨간 튤립과 물이 막 오른 연둣빛 잎사귀들이 지쳐있는 나를 위로해 준다.

정상으로 가는 길 늘씬하게 뻗어있는 메타세콰이어가 인상적이다. 코로나 속에 모두들 봄을 반기는 눈빛이다. 이렇게 아름다운 대한민국인데 자유를 빼앗기면 어쩌지, 예배를 못 드리면 어쩌지, 걷는 내내 나라 걱정, 교회 걱정에 마음 한구석은 무거웠다. 지금까지 누려온 자유의 중요함을 다시 한번 느껴본다.

함께한 권사님과 같은 마음이기에 쌓였던 스트레스를 풀면서 다녀왔다. 요즘은 가족, 지인, 이웃이라도 이념이 같아야 편하게 대화할 수 있는 현실이 되었다. 북한을 추종하는 좌파 정권이 들어오면서부터 국민들이 좌우로 나뉘어 있음에 나라가 걱정이다. 나라를 망치고 있는 이들을 제거하기 위해 4·15 총선에서 자유우파가 완승하길 바란다. 또한 마스크 없이 벚꽃을 만끽하는 날이 속히 오길 바란다.

6. 여행의 즐거움

추억의 망고 여행

—

여행은 한마디로 설렘이다. 기대와 즐거움 그리고 배움이 있기에…. '메르스'라는 신종 바이러스로 온 나라가 비상이다. 이미 계획된 여행이기에 공항에 도착하니 주위 환경이 사뭇 살벌하다. 마스크를 낀 채 수속을 하는 신풍경에 나도 왠지 께름직한 느낌이 들어 마스크 착용을 하고 싱가포르행 항공기에 탑승했다. 이미 주사위는 던져졌기에 모든 것을 훌훌 털어버리고 온전히 여행을 만끽하는 시간이 되길 바란다.

오후 4시 10분 인천공항을 출발한 비행기는 오후 10시 10분 싱가포르 창이공항에 무사히 도착했다. 메르스로 바짝 긴장했던 일행들은 바이러스에도 전혀 개의치 않는 창이공항의 검열을 순조롭게 빠져나와 호텔에 짐을 푸니 긴장이 풀려선지 피곤함이 몰려온다. 35도의 습한 날씨 때문에 에어컨이 켜져 있다. 따뜻한 물로 여행의 피로를 풀며 첫날밤을 보낸다.

둘째 날 새벽 4시 저절로 눈이 떠진다. 침대 옆 스탠드를 켜고 성경을 읽으며 새벽을 맞이한다. 커튼 사이로 아침이 밝아온다. 싱가포르는 제주도 절반의 작은 나라(반경 2~4km)로

항만업이 발달해 GNP 5만 달러로 잘 사는 나라지만 절반은 공산국가로 개인은 토지를 소유할 수 없고 건물만 소유할 수 있으며 건물의 모양도 국가에서 관리하기에 각기 다른 것이 특징이며 거리 청결을 위해 껌과 담배를 팔지 않는다. 환경을 위해서 국가 차원에서 관리하는 것도 괜찮겠다는 생각을 하다 보니 벌써 '보타닉가든'과 '주룽 새 공원'에 도착했다.

'보타닉가든'의 식물들은 자신 몸에 다른 식물이 살 수 있도록 공생을 허락한다. 누가 주인인지 모를 정도로 공생하는 모습이 참으로 이채롭다. 마리나 샌즈베이로 이동하니 우리나라 쌍용기업에서 건축한 싱가포르 최대 건물로 3개 동의 큰

건물 위에 배 모양의 수영장이 만들어져 있다.

엄청난 무게의 수영장을 받치고 있는 건물이다. 여행지마다 대한민국 기업들의 간판이 줄을 잇고 있음에 감사하다. '머라이언'이 시원하게 물을 뿜는다. 머라이언은 머리는 사자, 몸은 인어의 모습으로 상상 속 동물조각품이다.

'가든스 바이 더 베이'는 싱가포르가 2012년 개장한 세계 최대 규모의 인공적인 친환경 미래공원이다. 벌써 어두워진다. 센토사섬에 위치한 '월드 센토사'에서 숙박하고 아침 일찍 서둘러 나왔다. 센토사는 65억 달러의 자본이 투입된 복합 리조트인데 카지노와 세계 최대 규모의 아쿠아리움, 워터파크, 서커스 등 다채로운 즐길 거리가 많다.

그 중 '유니버설 스튜디오'는 7개의 테마존과 24개의 놀이 시설이 있는데, 이 중 18개는 오직 싱가포르에서만 즐길 수 있다고 한다. 한 권사님을 일일 가이드로 세웠다. 마치 유치원 아이들이 선생님을 따르듯 호기심 가득한 권사님을 졸졸 따르면서 제목도 외워지지 않는 3D 영상을 관람하면서 놀이공원의 한을 풀기에 부족함이 없었다.

어찌나 많이 다녔는지 발도 아프고 더위에 지친 몸인데 싱가폴 망고는 꼭 먹어야 한다는 과반수의 찬성 때문에 다시 레

일을 타고 마트를 찾아 나서는 대한의 열혈 아줌마들이다. 뱅글뱅글 돌아 간신히 마트를 찾았다. 엄청 큰 망고를 발견하고 뿌듯해하는 모습이 아직도 눈에 선하다.

망고스틱과 파파야도 마구마구 카트에 집어넣는다. 이제 돌아가나 했더니 망고를 먹으려면 칼을 사야 한다며 마트 1층에서 3층으로 연신 찾아다닌다. 아이고, 나의 발에서 불이 났다. 여느 때는 느린 아줌마들인데 어찌나 재빠른지 감탄스럽다.

숙소에 돌아와 망고를 당장 먹을 줄 알았는데, 무슨 일인지 망고는 뒷전 KO패 당한 선수같이 한결같이 침대에 쓰러진다. 피곤한 몸에 나도 같이 잠이 들었다. 그 망고는 2시간 후 한밤중에 일어나 해치웠다는 후문이다. 6월 11일, 피곤하지만 마지막 일정에 힘을 낸다.

가이드가 상품매장을 안내한다. 계획에 없던 인덕션과 압력솥을 우리나라보다 훨씬 싸다는 핑계로 카드를 빌려서까지 긋는 일을 저질렀다. 그리고 뿌듯해하는 나의 모습, 평소 같지 않은 나 자신이 더 놀랍다. 잘 쓰면 내 것이라는 말로 구차하게 변명하면서 케이블카에 올라 싱가포르 시내를 내려다보니 이틀 밤 지냈던 센토사가 바로 눈앞에 보인다.

가끔 소나기가 내려 케이블카 유리창에 빗방울이 맺힌다.

뿌연 유리창 너머로 싱가포르의 전경이 펼쳐진다. 정거장인 센토사에 내려 이곳에 있는 아쿠아리움으로 향했다. 세계 최대 수족관으로 높이 8.3미터, 깊이 36미터 바다 속을 그대로 옮겨 놓은 듯 웅장하다.

해가 저물어간다. 마지막 하이라이트 버스 투어와 유람선 야경 코스가 남았다. 2층 버스에 오르니 갑자기 엄청난 새 떼들의 환영 소리가 이어진다. 까악, 까~악, 까까악! 정신이 없다. 달려들 것 같다. 환상적인 레이저쇼로 여행을 마무리하면서, 3박 5일 동안의 싱가포르에서의 추억을 글로 남긴다.

맨해튼 & 나이아가라
—

2016년 9월 5일 보금자리를 옮기고 피곤함이 남아있지만, 거대한 아메리카 여행을 생각하니 마음이 설렌다. 드디어 14시간의 비행이 시작되었다. 인생 자체가 긴 여행이지만 삶의 여정 가운데 새로움을 찾는 것 또한 귀한 시간이지 싶다. 지난 책에서도 언급했지만 멋있는 황혼을 위해 2막의 인생길을 수놓으며 생각 속에 품고 있던 것들을 차근차근 실천해 보려 한다.

비행기는 벌써 일본 열도를 지나고 있다. 지금까지는 지구 서쪽 끝을 향해 달려가는 여행이었는데 오늘은 동쪽 끝을 향해 달려가고 있다. 지구 서쪽과 동쪽을 모두 왕래하면 지구를 한 바퀴 돌았다고 해도 될 것 같다. 20년 전에는 해외여행은 생각지도 못했는데 세계를 여행할 수 있도록 인도하신 하나님께 감사를 드린다. 세계 최강국인 미국 여행에 벌써 설렌다.

장거리 무료함에 모니터로 영화를 본다. 주인공에 몰입되다 보니 가슴이 벅차올라 눈물이 난다. 아직도 소녀 같은 감성이 남아있음에 혼자 옅은 미소를 지어본다. 언제나 툭탁거리는 여행의 동반자 딸아이는 이어폰을 끼고 무엇인가 신나 한다. 딸은 영화를 무척이나 좋아한다. 내용을 거의 알고 있을 정도로 영화 마니아다. 드라마나 영화계통의 일을 했으면 무척이나 행복했을텐데 하는 아쉬운 마음이다.

대학을 졸업하고 자신의 전공대로 지금까지 열심히 일해 왔지만, 직장생활이 버거웠는지 지난 6월에는 급기야 입원까지 했다. 세상 엄마들의 마음도 마찬가지겠지만 마음이 아프다. 기업들은 최소한의 비용으로 최대한의 효과를 얻기 위해 직원들을 혹사시키는 것은 아닌지…. '갑' '을'의 관계에서 약자가 되는 것은 '을'임을 알지만, 부디 노사 관계가 좋은 환경에서 일하길 바란다.

딸이 여행을 통해 쌓인 스트레스를 대서양 바다에 던지고 더 좋은 삶을 꿈꾸며 살아가길 응원한다. 비행기는 벌써 날짜변경선을 지나고 있다. 날짜변경선이란 경도 180도를 기준으로 인위적으로 날짜를 구분하는 선인데, 영국 그리니치 천문대를 기준으로 동쪽과 서쪽으로 경도 15도에 1시간이 추가 또는 감소되며 아시아의 동쪽 끝과 아메리카의 서쪽 끝에서 날짜를 바꾸도록 경도 180도를 기준으로 만든 선이다. 나라 간 시차가 나는 이유도 여기에 있다.

나는 꼼짝도 않고 '사랑과 영혼'이란 영화 한 편을 다 보았다. 발이 저려온다. 주위를 둘러보니 모두들 기내 면포를 뒤집어쓰고 잔다. 11시간 시차에 적응하려면 지금쯤 자야 하는데, 얄궂은 내 몸은 아랑곳하지 않는다. 여행 내내 졸면서 다니는 것은 아닌지 걱정이 된다. 드디어 눈에 익숙한 미국 서부 도시 이름들이 모니터에 보인다. 뉴욕, 시애틀, 샌프란시스코…. 조금 있으면 미국 동부에 도착한다.

동부는 백악관이 있는 뉴욕과 뉴저지, 버지니아, 오하이오, 펜실베이니아, 매사추세츠, 로드아일랜드, 코네티컷 등등의 도시들이 있으며 특별히 금융도시 월가와 맨해튼, 하버드대학이 있는 곳이다. 드디어 13시간 비행 후 오전 11시 30분 뉴욕공항에 도착하니 검색을 아주 까다롭게 한다. 테러가 많기에 외국인 검색이 만만치 않다.

공항을 빠져나와 관광버스를 기다리는 중 버스가 교통사고가 났다며 가이드가 당황한다. 여기저기 전화하지만, 버스는 오지 않는다. 모두들 지쳤으나 질서를 지키며 기다리는 모습이 참으로 보기 좋다. 맨해튼을 품고 있는 허드슨 강위에 다리는 팝송 '험한 세상의 다리가 되어'의 바로 그 다리란다.

뉴욕 '메트로폴리탄 뮤지엄' 미술관에 들어가니 우리 눈에 익숙한 그림과 도자기가 제일 먼저 눈에 띈다. 대한민국 문화가 세계에 산재되어 있음에 너무도 감격스럽다. 동방의 작은 나라 코리아가 더더욱 아름다운 모습으로 뻗어 나가길 기도한다. 서울출발 20시간 만에 '홀리데이 인 썸머셋 호텔'에서 잠을 청한다.

둘째 날이 밝았다. 넓은 아메리카를 짧은 일정으로 다니려니 마음이 바쁘다. 밖에는 촉촉이 보슬비가 내린다. 안개 낀 뉴욕 거리가 그림처럼 운치 있다. 가을이 무르익어가는 뉴욕 거리를 지나 월가와 록펠러센터, 센트럴파크를 지난다. 화려한 맨해튼 도시를 감싸고 흐르는 허드슨강 위로 우뚝 서 있는 '자유의 여신상'이 보인다. 높이 46m인 자유의 여신상 정확한 이름은 '세계에 빛을 비추는 횃불을 든 자유의 신상'이다. 발밑에는 노예해방을 뜻하는 부서진 족쇄가 놓여있고 오른손에는 횃불, 왼손에는 독립선언서를 들고 있다.

미국의 독립 100주년을 기념하여 프랑스가 선물한 것이다. 허드슨강 주변 빌딩 숲에 감탄! 짧은 역사 속에 엄청난 것을 일구어낸 그들의 의지와 열정에 박수를 보낸다. 영국의 청교도인들이 메이플라호를 타고 황무지였던 아메리카로 건너와 신앙을 지켰던 수고와 땀 덕분에 세계 최강국이 되었지만 안타깝게도 현재는 일부 교회가 경매로 넘어가고 있다고 한다.

풍요로움에 익숙한 나머지 예배를 소홀히 함에 하나님의 경고가 이 땅에 내려지는 것은 아닌지 참으로 안타까운 마음이다. 9·11 테러와 토네이도 같은 자연재해로 시달리는 현실을 볼 때 두려움마저 든다. 마지막 시대 다시 회복이 임하는 땅이 되길 간절히 기도드린다.

엠파이어스테이트 빌딩 전망대에 오르니 맨해튼의 화려한 도시가 한눈에 들어온다. 와, 엄청난 빌딩숲이다. 2001년 9·11 테러로 수많은 희생자를 내었던 세계무역센터 쌍둥이

빌딩 그 자리에는 새로운 빌딩이 세워져 있다. 세계 곳곳마다 악한 세력들이 혈안이 되어있는 이때 더더욱 하나님의 말씀에 귀를 기울이며 영적으로 깨어있는 자녀가 되길 기도한다. 시차에 적응 못하는 나의 눈은 이미 반쯤 감긴 채 이틀째 밤을 맞는다.

셋째 날이다. 어제는 보슬비가 내려 으스스했는데 오늘은 농익은 단풍잎 사이로 푸른 하늘이 우리를 반긴다. 워싱턴 DC는 특별자치구로 연방정부의 입법, 행정, 사법기관들과 국회의사당, 백악관, 워싱턴 기념관이 있는 문화의 중심지다. 1950년 6·25 당시 참전했던 참전용사비 현장을 둘러본다. 꽃다운 20대 나이에 타국에서 전사한 이들의 희생에 눈시울이 적셔진다.

순백색의 백악관도 찍어본다. 워싱턴 기념관에는 흑인 노예해방을 이룬 위대한 링컨 대통령을 기념하는 동상이 세워져 있다. 다시금 우리를 태운 버스는 캐나다를 향해 북으로 달린다. 가도 가도 끝이 없는 넓고 넓은 아메리카다. 차창 너머로 한가롭게 풀 뜯는 소들이 보인다. 우리 시골처럼 옹기종기 붙어있는 마을이 아닌 멀리 떨어져 있어 외롭겠다는 생각을 해본다. 피곤함에 잠깐씩 눈을 붙이다 보니 펜실베이니아주

해리스버그에 도착했다. 나이아가라 폭포 관광을 위해 이곳 해리스버그 호텔에서 세 번째 밤을 맞는다.

넷째 날 새벽 5시, 출발시간에 맞추어 모두 부지런하게 움직인다. 가장 좋은(?) 좌석에 앉기 위해서다. 이곳 관광버스는 장거리를 가야 하기에 화장실 설치는 필수라고 한다. 그러나 W.C 냄새 때문 가까운 자리를 모두가 꺼린다. 공평성을 갖기 위해 자리를 바꿔가며 다툼 없이 지혜롭게 앉기로 했다. 국민성이 좋아진 것에 감사하다.

다섯째 날 유명한 나이아가라 폭포를 관광하는 날이다. 언뜻 들으면 '나이야 가라'로 들린다. 이참에 내 나이도 거꾸로 먹으면 좋겠다는 생각이다. 창밖은 아직도 어둠으로 가득 차 있는데 저 멀리 붉은 태양이 아련하게 올라온다. 우주 만물이 하나님의 은혜 가운데 질서 정연하게 움직이고 있음에 실감이 난다. 대여섯 시간을 달린 버스는 미국 땅 끝자락에 도착했다. 이제 검문소만 통과하면 캐나다 땅이다.

국경 통과 시 과일만 반입이 안 된다고 한다. 쉽게 통과하는 이 나라가 참으로 부럽다. 66년의 긴 세월 동안 북한을 자유롭게 왕래하지 못하는 대한민국이 자유복음통일이 이루어지길 간절히 바라는 마음으로 아름다운 금강산과 백두산 천지를 내 마음에 그리다 보니 나이아가라 폭포 앞에 도착했다. 나이아가라 폭포는 '미국 폭포' '면사포 폭포' '말발굽 폭포'의 이름으로 먼 이국땅에서 온 손님들을 우렁찬 소리로 반긴다. 어마어마한 폭포수의 신비한 흘러내림을 비디오로, 사진으로 찍고 또 찍어본다.

아름다운 폭포를 지으신 하나님께 감사를 드린다. 눈이 황홀하니 새벽부터 부지런하게 달려온 피곤함이 싹 가시는듯하다. 폭포근원지 '월풀'로 이동하니 임진왜란 때 적군을 물리쳤던 '울돌목'과 같은 '용소' 가 보인다. 집어삼킬 듯 소용돌이치는 물살이다. 보고만 있어도 빨려 들어가는 듯하다. 유명한 아이스 와인공장에서 냉동 포도로 제조한 와인의 달콤하면서도 은은한 포도 향기가 우리의 입과 코를 황홀케 한다. 이곳에서 생산된 프로폴리스도 선물용

으로 몇 개 구입했다. 눈은 호사했지만, 뱃속에서는 꼬르륵 소리가 난다.

레스토랑 '스카이론 타워'에서 빙글빙글 돌아가는 식탁에 앉아 스테이크를 먹으면서 '나이아가라'의 실체를 내려다보니 참으로 장관이다. 어디서부터 저 많은 물이 생성된 것일까? I-MAX 영화까지 나이아가라를 구석구석 파헤친다. 이곳 상권이 나이아가라를 중심으로 이루어졌기에 관광수입도 엄청나다. 나이아가라는 수력발전을 통해 캐나다 전역에 전기를 만들 정도라고 한다. 배를 타고 폭포 바로 앞까지 가는 '바람의 동굴'이란 옵션에 빨간 우비를 입고 참가했다. 폭포 가까이 가니 폭포가 우리를 집어삼킬 것 같다.

마침내 '혼블러워호'는 나이아가라 깊숙이까지 들어간다. 그 웅장함은 글로 표현이 안 된다. 큰 태풍을 맞은 것처럼 서 있는 것조차 힘들다. 영화에서나 볼 수 있는 난파선의 모습이다. 거대한 폭포가 산더미처럼 쏟아져 내린다. 폭포 뒷길로 들어서니 나이아가라 폭포의 뒷면이 보인다. 초능력의 힘을 가진 장사라도 도저히 이길 수 없는 물줄기다. 지금도 눈을 감으면 폭포 소리가 환청으로 들릴 정도다. 나이아가라 폭포의 웅장한 소리를 뒤로하고 토론토로 향한다. 신 시청사와 구 시청사의 건물이 비교된다. 피곤한 몸을 토론토 '돈 벨리 호텔'에서 풀며 다섯째 날 밤을 보낸다.

여섯째 날, 호수 위에 지어진 천 개의 별장 '천섬'에 얽힌 사연을 들어본다. 아픈 아내를 위해 지은 별장이 완성될 즈음 아내는 세상을 떠났다는 서글픈 이야기다. 인생 여정 속에 부부로 만나 황혼을 맞을 때까지 서로 사랑하며 살아가는 것이 행복인데 이 또한 마음대로 되지 않음을 어쩌랴.

일곱째 날, 오색단풍이 절정인 퀘벡으로 출발한다. 마침 메이플 시즌으로 세계각처에서 이곳 단풍을 즐기기 위해 몰려들고 있다. 적기에 잘 왔다는 생각이다. 40km의 길이 온통 단풍길이다. 환호성이 여기저기서 터진다. 모두들 스마트폰을 창가로 내밀며 단풍을 찍느라 아우성이다. 가정집 정원마다 알록달록 단풍잎들이 소복소복 쌓여있다. 여유롭고 운치 있는 모습이다.

황홀한 단풍길을 따라 퀘벡시티에 도착하니 유럽풍의 건물들이 우리를 반긴다. 마치 프랑스에 온 것 같다. 알고 보니 그럴만한 이유가 있었다. 퀘벡시티는 프랑스의 탐험가 사무엘 드 샹플랭이 1608년에 개척한 북미에서 가장 오래된 도시의 하나로 1985년 유네스코 세계문화유산 지정장소라고 한다. 인구

99%가 프랑스계 캐나다인이기에 영어는 못해도 살 수 있지만 불어를 못하면 살 수 없단다. 퀘벡시티에서 유럽풍 의사당을 둘러보았다. 회색빛 건물과 붉은 단풍이 운치를 더하고 있다.

탐험가 사무엘 드 샹플랭 동상이 있는 다름 광장 옆으로 '세인트로렌스강'이 그 운치를 더한다. 로렌스강은 오대호와 대서양을 잇는 3,053km로 몬타리오 주, 퀘벡 주, 뉴욕주 국경을 지나는 강이라고 한다. 퀘벡시 이곳저곳 셔터를 눌러가며 여행의 즐거움을 만끽한다.

구시가지 가까이에 있는 몽블랑 폭포는 지구 반대편에서 온 우리를 일곱 색깔 무지개 포물선으로 자태를 뽐내며 반긴다. 구름 한 점 없이 푸른 하늘, 바람은 살랑거리고, 오색찬란

한 옷을 입은 나무들, 시원스런 세인트로렌스강이 흐르는 아름다운 퀘백을 한동안 잊지 못할 것 같다. 다시 미국으로 돌아갈 시간이다.

캐나다 입국은 간단했는데 미국 입국은 까다롭다는 가이드에 말에 일행들은 바짝 긴장을 한다. 마침 무엇인가 발견한 검색대가 가방 주인을 찾는다. 모두들 숨을 죽인다. 발견되면 300달러의 벌금을 내야 하며 많은 불이익이 처해진다고 한다. 가방 주인은 가방에 맥주가 있는지 모르고 운전한 캐나다 여성 운전자의 것이었다. 음주는 강력하게 단속하기에 모두 긴장한다. 다행히 지금까지 무사고 무결점이었기에 풀려났다.

나는 그가 어린 딸에게 선물할 인형을 사는 것을 보았기에 벌금을 내면 어쩌나 하는 안쓰러운 마음이었는데 정말 다행이었다. 아메리카의 큰 대륙만큼 내 마음도 큰 꿈을 꾸면서 잠을 청한다.

여덟째 날이다. 보스턴에 있는 하버드대에 도착했다. 캠퍼스는 평범한 건물로 도시 전체가 학교다. 하버드 전경을 찍어 고등학생 손주에게 전송했다. 도전해 보라는 마음으로. 여행의 말미에 '우드버리 아웃렛'으로 향한다. 세계명품은 다 모인 장소로 너무도 넓다. 명품가방이 있는 계산대는 30분 이상을 기다려야 한다. 70% 세일 매장에 들어가니 딸아이의 눈이 갑자기 반짝인다. 내 마음이 약해진다. 남은 달러로 가방 하나는 사 줄 수 있을 것 같다. 가방을 들고 흐뭇해하는 딸, 서울에서 동일 상품에 3배의 라벨이 붙어있음을 보며 이유를 알 것 같다.

벌써 어둠이 짙어진다. 맨해튼의 휘황찬란한 도시가 훤히 내려다보이는 언덕에 올라 여행의 피로를 풀어본다. 이제 고국을 향한 일정만 남아있다. 내 마음은 벌써 대한민국에 와 있다. 언제나 그러하듯 여행 말미는 '대한민국이 제일 좋다'는 고백을 하는 나 자신이다. 사랑하는 딸과 미국과 캐나다 여행을 할 수 있음에 감사를 드린다.

한라산 정상을 향하여

김포공항에서 1시간 거리인 제주는 일일생활권이 되었다. 상공에서 내려다보이는 제주도 이맘때면 유채꽃으로 뒤덮였을 텐데 웬일인지 붉은 땅만 보인다. 이유인즉 코로나로 관광객이 오는 것을 두려워 유채밭을 갈아엎었다는 슬픈 이야기다. 하루속히 코로나가 물러가길 기도한다.

사월의 온화한 날씨에 연초록의 잎사귀들이 춤을 추는 날이다. 함덕 해수욕장에 도착하니 어쩜, 바다빛이 이리도 아름다울 수가 있을까. 옥색 물감을 풀어놓은 듯하다.

옥빛 바다를 배경으로 사진을 찍고 또 찍어본다. 바다에 들어가고 싶은 충동이 인다. 가까운 월정리 해변에 들리니 나그네를 반기듯 풍차가 시원스레 돌아간다. 풍력을 이용해 에너지를 만든다. 확 트인 바다와 시원한 바람을 맞으니 마음과 생각 속 찌꺼기들이 모두 녹아내리는 것 같다.

동쪽으로 달리고 달려 성산일출봉에 도착하니 확성기로 "경로는 입장료가 없다"는 방송을 계속한다. 처음으로 경로우대 혜택을 받는 나로서는 나이 듦이 느껴져 유쾌하지 않지만 일출봉 주위로 가득한 유채꽃 무리를 보면서 기분을 되살려

보았다.

일출봉 정상까지 30분 정도 걸린다. 정상에서 보이는 제주의 모습이 아늑하다. 푸른 바다, 초록 산, 에메랄드 빛 하늘, 옹기종기 조화를 이룬 마을이 한 폭의 그림이다. 아점으로 스페인 음식 '감바스'와 '빠에야'를 시켰다. 모양은 그럴듯한데 입맛에 거슬린다. 빠에야는 올리브유에 스파게티면과 새우, 해산물이 들어갔는데 느끼해서 도저히 먹을 수가 없고 감바스도 밥을 소스에 비빈 음식인데 마찬가지다. 까다로운 입맛 때문 굶식을 해야 했다.

가까운 '섭지코지'로 향한다. 짙푸른 바다와 아름다운 해안선 그리고 보랏빛 들꽃이 피어있는 정겨운 길을 오르니 동화 속에나 있을법한 아담한 집이 보인다. 해안선을 끼고 성산일출봉이 바라보이는 곳까지 다녀오는 코스로 연인끼리 손잡고 걷기에 딱 좋은 길이다. 석양이 짙은 하늘을 감상하며 예약된 숙소로 향한다.

제주도는 북쪽은 제주공항, 동쪽은 성산일출봉, 남쪽은 서귀포, 서쪽은 애월 바다로 각각 한 시간 정도면 이동할 수 있다. 숙소에는 싱크대와 세탁기까지 있다. 며칠씩 투숙하는 여행객을 위한 옵션인 것 같다. 중앙에는 독서할 수 있는 장소도 있고 조식으로 빵과 커피를 제공하고 있었다. 자그마한 배려지만 정성이 느껴진다.

　내일은 하루종일 비가 온다는 예보다. 비 오는 날 수채화 같은 제주의 모습을 그려 본다. 억수로 쏟아지는 빗길을 달려 애월읍에 도착 아점으로 해물라면과 문어숙회를 주문했다. 어제의 음식과는 차원이 다른 얼큰하고 시원한 맛이다. 비가 오니 더욱 맛있다. 얼큰한 음식을 좋아하는 딸과 나는 한국인임에 틀림이 없나 보다. 우비를 입고 애월바다를 거닐어 본다. 노란 유채꽃이 가득한 바닷길이 운치 있다.

빗속이지만 옥색 빛깔이 남아있는 애월바다와 구멍이 숭숭 뚫려있는 검은 화산석의 조화로움이 그림이다. 빗속에 따끈한 라떼를 먹으니 very good이다. 다시금 산방산 탄산온천으로 향했다. 탕 주변으로 펑펑 솟구치는 탄산수, 만병통치라는 탄산수의 효능을 읽어보며 탄산수가 가득한 탕속에 들어갔는데 미지근한 물에 흙탕물이다. 몸에 좋다기에 몇 번씩 들락날락했다. 여기저기 다니다 보니 배에서는 쪼르륵 소리가 난다.

근처 맛집에서는 옥돔구이와 새우장, 돼지 목살구이와 미역국이 나왔다. 제주에서 꼭 먹어봐야 하는 메뉴다. 옥돔구이가 바삭하니 맛있다. 저 멀리 땅끝 섬인 마라도가 보인다. 내일은 한라산을 오르기로 했다. 백록담까지 5시간 30분이 걸린다. 장시간 산행이 걱정은 되지만 지금 아니면 언제 오를까 싶어 강행하기로 했다.

관음사 주차장에 도착하니 새벽 6시. 온통 잡목과 야트막한 대나무 숲길이다. 검은 돌계단과 나무계단을 번갈아 3시간쯤 걸었을까. 환상적인 풍경이 시야에 들어온다. 산 아래로 뭉게구름이 두둥실, 제주시가 내려다보인다. 한 줄기 바람이 구슬땀을 식혀준다. 드디어 한라산 정상 백록담에 도착했다. 바람이 세차지만 정상을 정복했다는 승리감에 환호성이 여기저기서 터진다.

　기대했던 백록담은 계절이 무색할 정도로 흰 눈이 수북이 쌓여있고, 화산 흔적만 넓게 남아 있었다. 한라산 정상 백록담 푯말을 배경으로 인증사진을 찍으면서 아름다운 제주 여행길에 함께하신 주님께 감사를 드린다.

두 딸과 호캉스
—

　큰딸을 기다리는 동안 막내딸은 내 손톱에 예쁜 필름을 붙여준다. 엄마를 사랑하는 마음이 묻어있음에 고맙다. 정동진을 향해 딸의 애마는 달린다. 비 온 후 파란 하늘이 더욱 맑고 깨끗하다. 초록색도 더욱 선명하다. 중3, 고1 아들이 있는 큰딸과 오랜만에 함께 여행하는 시간을 가졌다.

　벌써 강원도 초입이다. 가는 길에 횡성한우 집에 들렀다. 이렇게 맛난 것 먹으며, 좋은 것 보며, 좋은 이야기 나누며 다녀야 여행이지 싶다. 무엇보다 사랑하는 딸들과 함께하는 여행이기에 더욱 좋다. 정동진 썬 크루즈 호텔에 들어가니 동해

바다가 한눈에 들어온다.

신관 건물엔 차단 통로가 많다. 투숙객에게 구별된 분위기를 주려 함이 아닐까 생각하지만, 곳곳마다 카드를 찍어야 하는 불편함도 있었다. 본관과 연결된 긴 통로는 유리벽으로 바다가 한눈에 보인다. 하늘엔 구름이 환상적이다. 본관 앞으로 하얀 조각상들이 우리를 반겨준다. 석양의 붉은 하늘과 순백의 여인상들의 어우러짐이 아름답다.

일출을 잡으려는 듯 거대한 손 모 양 조각과 동남아를 연상케 하는 야자수와 방갈로도 보인다. 사람들이 옹기종기 모여 있기에 가보니 천국 계단이다. 계단에 오르니, 마치 하늘에 떠

있는 것 같다. 해안가가 보이는 언덕에 올라 구름 속 붉은 석양을 배경으로 찍어본다. 한 폭의 그림이다.

주문진에서 횟감을 떠 와 호텔 테라스에 둘러앉아 먹으니 꿀맛이다. 호텔방 가운데 바다가 훤히 보이는 넓은 욕탕이 있다. 모자나 부녀가 왔다면 그림의 떡이었을 텐데 뜨거운 물을 가득 받은 욕조에서 바다를 바라보며 깔깔대며 웃음꽃을 피우는 딸들의 소리를 들으며 잠자리에 들었다.

새벽 5시 30분, 해돋이 장소에는 이미 많은 사람들이 나와 있었다. 싱그러운 바람이 얼굴을 간지럽힌다. 아~ 너무 좋다! 수평선 끝으로 붉게 타오르는 태양이 구름 속에 가려있어 보는 이들을 애타게 한다. 모두들 떠오르는 태양의 순간 포착을 위해 긴장하면서 기다린다.

떠오르는 태양을 눈에 가득 담고 강릉을 향해 출발한다. 시시각각 예술적인 구름과 함께 확 트인 도로를 마구 달

린다. '테라로사 커피 박물관'에 도착하니 커피 냄새가 진동한다. 밤나무 초록잎들이 바람에 살랑거리고 붉은 벽돌담을 타고 올라가는 주황색 능소화를 보면서 강릉초당 두부집을 향한다.

입장 번호 103번째다. 맛집이라 장사진이다. 메뉴는 '짬뽕순두부' 일명 짬순이로 정했다. 해산물이 많이 들어간 순두부는 얼큰하고 맛이 있었다. 바다뷰가 좋은 통유리 카페에 들러 소나무 빽빽한 백사장을 걸으며 밀려오는 파도 속으로 들어가기도 하면서 한참을 걸었다. 뒤를 돌아보니 세 모녀의 발자국이 모래 위에 다정하게 새겨져 있다.

날이 저무니 소나무 사이로 보름달이 살포시 보이고 넓은 모래사장엔 폭죽을 터트리는 사람들의 함성이 여기저기서 들린다. 찬란한 조명이 비추는 이곳에서 여름의 끝자락을 장식하는 모습들이다. 집으로 돌아가는 길이다. 막내딸의 애마는 박이 추 커피 공장과 속초시장, 유명한 황태구이 집을 지나 미시령 고개를 넘고 있다. 사랑하는 딸들과 추억여행을 다녀올 수 있도록 함께하신 주님께 감사를 드린다.

역사의 도시 전주

    하늘은 푸르고 햇빛은 쨍쨍 바람은 살랑살랑 전형적인 가을날에 역사의 도시 전주로 향한다. 휴게소 투어도 하면서 도착한 전주 한옥마을은 옛 정취가 물씬 풍기는 전주 이씨 가문의 텃밭이다.

    태조 이성계를 시작으로 대원군의 손자까지 전주이씨 가문의 땅인 전주는 옛 모습도 남아있지만 한복대여점, 기념품점, 카페, 식당 등 상가로 변해있었다. 하지만 코로나로 문 닫은

곳이 많다. 고풍스런 카페의 고요함은 적막함마저 든다. 가끔 한복을 곱게 차려입은 모녀와 연인들이 보이기에 딸에게 한복을 빌려 입고 사진을 찍자고 하니 단번에 거절한다. 꽃 같은 청년 시절이 가기 전 예쁜 한복을 입은 사진이라도 하나 있으면 좋겠다는 어미의 마음을 전혀 모르는 것 같다. '세월이 지나면 후회하겠지.' 속으로 생각한다. 불이 꺼진 상가 때문인지 으스스한 기분이 들어 야경관람은 포기했다. 다음 날 벽화마을을 지나 국악예술 문화 회관까지 억새가 피어나는 하천 옆으로 고즈넉한 테크길이 정감이 있다. 주위가 온통 산으로 덮인 이곳에서 한적하고 고요한 정취를 느껴본다. 시원하고 얼큰한 콩나물해장국과 향이 그윽한 차를 마시며 전주에서의 추억을 남겨본다.

하얀 세상 대관령, 제천

—

설날을 며칠 앞두고 내린 눈으로 온 세상이 하얗다. 오랜만에 미세 먼지 없는 청명한 하늘을 바라보며 충북 제천으로 향한다. 여행을 떠나는 것은 언제든지 신난다. 마치 어린아이 같다. 제천 리솜스파는 산속 지하 암반에서 쏟아져 내리는 암반수를 이용하여 노천스파를 만들었다. 참으로 비경이다.

앞산에는 하얀 눈이 가득하고 야외 온천수는 뜨거운 수증기를 날리며 손님을 기다리고 있다. 영하 15도의 맹추위에 온천탕의 따끈함을 무엇으로 비길 수 있을까. 마스크는 썼지만 맑은 공기와 푸른 하늘, 소나무가 울창한 숲속에서 온천을 즐기니 여기가 천국이지 싶다.

햇살에 아른거리는 코발트색 온천물이 신비롭다. 갑자기 사람들이 우르르 골짜기로 몰려간다. 세상에나, 곳곳마다 가족탕이 수증기를 내뿜으면서 손님을 기다리고 있다. 경치 좋고 아늑한 탕을 골라잡았다. 두 사람만 들어가는 연인탕에서 해가 뉘엿뉘엿 질 때까지 물속에 오래 있다 보니 배가 고파온다. 청국장으로 소문난 맛집을 들려 청평으로 향한다.

호수가 바라보이는 리조트는 아담한 옛집 같다. 추운 날씨에 방바닥이 절절 끓는다. 넘~좋다. 이리 뒹굴 저리 뒹굴 따뜻함을 만끽하면서 꿈나라로. 리조트 둘레길은 피톤 지수가 높은 소나무가 가득하다. 전망대에 오르니 청평호수가 한눈에 보인다. 얼어있는 호수도 산도 모두가 새하얗다. 이렇게 아름다운 대한민국이 내 조국임에 자랑스럽다.

호수가 보이는 카페에서 라떼와 아이스크림을 곁들인 케이
크의 달콤함을 느끼며 대관령 양 떼 목장으로 달려간다. 바람
이 심상치가 않다. 건초 체험을 하는 아이들이 보인다. 동물을
유난히 무서워하는 딸, 양도 눈치를 챘는지 슬금슬금 딸을 피
한다. 가까이 갈수록 양들이 놀라는 것 같다. 간신히 양과 인
증샷을 찍었다.

눈으로 덮인 하얀 양떼목장을 한 바퀴 돌아보는데 바람이
세차다. 날아갈 것 같다. 딸의 손을 꼭 잡고 한 바퀴를 간신히
돌았다. 봄에 오면 풍경이 너무도 예쁠 것 같다. 유유히 노니
는 양 떼, 넓고 푸른 초원을 그려보며 스키장이 보이는 숙소에

도착하니 가족들과 연인끼리 스키 타는 모습이 시원스럽다.

다음날, 주문진 '영진 해변'은 백사장이 얼마나 넓은지 까마득하게 보인다. 바다 빛도 영롱하고 하늘도 파랗고 날씨도 얼마나 포근한지 아이들이 맨발로 바닷물에 들어간다. 아예 텐트를 치고 겨울바다를 즐기는 가족들도 눈에 띤다.

삼삼오오 모여 모처럼의 따뜻한 날씨를 즐기는 아기자기한 바다 풍경을 눈에 가득 담고 근처 '도깨비 카페'에 들렀다. 오징어 조미 공장을 개조했는데 인테리어가 멋지다. 뻥 뛰기 아이스크림, 콩고물 도넛 등 이색적인 아이디어에 박수를 쳐주고 싶다. 이렇게 2박 3일의 여행을 마치고 집으로 GO GO. 아름다운 추억을 간직한 만족한 여행이었음에 감사하다.

군산, 태안에서 시간여행

계절의 여왕 오월이다. 산과 들이 온통 초록초록하다. 딸의 애마는 벌써 서해안고속도로를 달린다. 미세먼지가 안개 낀 것같이 시야를 흐리게 한다. 그동안 공짜로 누려왔던 청명한 하늘과 따사로운 햇살이 얼마나 감사했었는지 더더욱 느끼는 날이다.

부모님의 사랑도 당연한 것으로 여기지만 떠나시면 그 사랑이 그리워지는 것처럼 환경을 통해 맑은 공기의 소중함을 깨닫는다. 생각에 잠기다 보니 벌써 새만금 방조제를 지나 선유도에 도착했다. 썰물 때라 더욱 넓게 보이는 선유도 해안에서 집 라인을 타는 사람들이 보인다. 바다 위를 나는 기분이 어떠한지 궁금하다. 10년만 젊었어도 도전해 보겠는데, 이제는 몸을 사리고 있는 나 자신을 발견한다. 두 달 전부터 발바닥이 아파, 오래 걷는 것을 자제하고 있다.

걷는 것은 자신 있었는데, 내 마음과 몸이 따로 되어감이

슬픈 현실이다. 하지만 지금 이 순간이 가장 젊기에 적응하면서 즐겨 보기로 했다. 넓은 백사장에 바람이 세차게 불어온다. 오월답지 않은 추운 날씨지만, 바다를 가로지르는 테크길을 걸어보며 언제나 티격태격 하면서도 함께 하는 막내딸과 이렇게 추억을 쌓아간다.

다음날, 군산에서 시간여행을 시작한다. 군산은 항구도 있고 곡창지대며 근대역사의 산 장소이기도 하다. 박물관에는 나라를 빼앗긴 일제 식민지 치하 한민족의 처참한 모습이 담겨 있다. 자칭 애국자인 나는 태극기를 배경으로 인증사진을 찍어보았다.

딸은 엄마랑 잘 어울린다고 한다. 이참에 자유대한민국 만세도 외쳐보았다. 경암동 철길에는 삼삼오오 친구끼리, 가족끼리, 연인끼리 추억의 교복을 빌려 입고 연탄난로에 달고나를 만들어 먹으며 사진을 찍는다.

생전 처음 달고나 체험에 나섰다. 먼저 국자에 설탕을 넣고 연탄불 위에서 설탕을 녹인 다음 적당량의 소다를 넣고 끓으면 쟁반에 펼친 후 별, 하트 모양으로 찍어 굳힌다. 순식간에 달고나가 만들어졌다. 비바람이 부는 날씨지만 마음은 50년 전 여학생 시절로 돌아간 기분이다. 눈밭에 뛰노는 강아지처럼 신나서 여기저기 다니다 보니 배가 출출하다. 식사 후 은파 공원을 찾았다.

넓은 호수 주위로 노, 빨, 보, 파, 초 색깔의 휘황찬란한 조명이 반짝인다. 이렇게 호수 위에서 군산에서 첫날 밤은 깊어만 간다. 다음 날 아침 유명하다는 이성당 단팥빵의 달콤함을 느끼면서 태안을 향해 질주한다. 바다와 산, 논들이 정겹다. 한참을 달려 별장 같은 청포대 리조트에 도착하여 뜨끈한 방바닥에 누워본다. 온돌을 좋아하니 한국 사람 임에 틀림없다.

별장처럼 지어진 리조트 주위로 초록 초록한 나무들과 핑크빛 철쭉꽃이 한창이다. 숙소 입구 숯불구이 화덕이 보인다. 오랜만에 야외에서 숯불구이를 먹으려고 만반의 준비를 했는데, 엄청난 미세먼지 때문에 숙소에서 프라이팬에 구울 수밖에 없었다. 맛난 것 먹으며 좋은 것 보며 마음과 몸을 힐링하는 것이 여행의 맛인데 추억을 쌓기에는 부족함이 없었음에 감사하다.

뜨끈한 온돌 덕분에 몸이 거뜬하다. 유명하다는 트레블 브레이크 카페를 향한다. 시골길을 돌아 돌아 숲속에 위치한 카페는 이미 손님들로 꽉 차있다. 구석구석 아기자기한 인테리어가 돋보인다. 잠시 누워서 쉬라고 담요까지 있음이 새롭다.

자연을 이용하여 힐링카페를 만든 아이디어에 감탄이 저절로 난다. 이곳저곳 인증샷을 남겨본다. 태안의 팜 카밀레 허브농원 근처 몽산포 제빵소는 소품들로 가득 찬 아기자기한 카페다. 이곳에서 갓 구워낸 바삭하고 고소한 빵을 먹으며 여행을 마무리한다. 이렇게 바다와 산들이 아름다운 서해안에서의 추억을 남길 수 있도록 은혜 주신 주님께 감사를 드린다.

은빛 억새 가득한 제주
—

시월의 가을여행은 뜻깊은 추억을 만들기에 충분하다. 높고 푸른 하늘, 목화솜을 연상하는 새하얀 구름, 살랑거리는 바람결 따라 흔들거리는 은빛 억새의 물결과 물감을 풀어 놓은 듯 옥빛바다는 투명한 유리잔에 떠서 마시고 싶을 정도로 아름답다. 세계 어디를 견주어도 손색이 없는 모습이다.

아직도 시야에서 아른거리는 제주의 풍경을 흐르는 감성대로 써본다. 2021년 10월 21일 김포공항 오전 7시, T웨이 항공 위로 아침 햇살이 붉게 떠오른다. 비행기는 영종도 상공과 서

해안을 지나 제주도를 향하고 있다. 50분 만에 제주에 도착했다. 가까운 동문시장에는 싱싱한 은빛 갈치와 꾸덕꾸덕 말린 옥돔이 가득하고 유명한 오메기 떡집은 사람들로 가득하다.

화산 분화구 산굼부리에 도착하니 하늘과 바람과 억새가 춤을 춘다. 그 곁으로 봄을 연상하듯 연두 초록이 어우러진 광장을 보니 가슴이 확 트인다. 마냥 머물고 싶지만 비자림으로 향한다.

초록색 비자나무로 가득한 이곳은 천년의 세월을 겪은 비자나무도 있다. 제주명으로 비조 낭이며 잎 모양이 비(非)자를 닮았기에 비자나무라고 하며 예전에는 비자열매로 몸속

기생충을 없애고 기름도 짰다고 한다. 비자숲을 뒤로하고 바다뷰가 아름다운 세화해변에서 따끈한 핫초코를 마시니 마음까지 훈훈해진다.

유명하다는 키조개 짬뽕의 매콤함을 느끼며 중문라임 브리지로 향한다. 56평의 콘도에서 딸과 둘이서 맘껏 뒹굴며 제주에서의 첫 밤을 맞는다. 근처에 죽죽 뻗은 편백나무가 가득하다. 피톤 지수가 높다는 이곳에서 크게 심호흡을 한다. 편백숲 옆 넓은 골프장에서 불어오는 찬바람이 시원하고 상쾌하다. 산방산을 향하다 보니 거대하고 웅장한 모습이 한눈에 보인다.

뒤로는 산방산, 앞으로는 넓은 바다가 보이는 카페 주위로 야자나무가 둘러싸여 마치 동남아에 온 것 같은 느낌이다. 아늑한 비치의자에 드러누워 잠시 호사스런 휴식을 취해보는데, 갑자기 세차게 불어오는 바람 때문에 모두들 겉옷으로 감싼다. 돌, 바람, 여자가 많다는 제주를 직접 몸으로 느끼면서 안덕계곡으로 향한다.

바위가 만들어 낸 주상절리가 있는 계곡으로 햇살에 비춰는 물과 나무 그리고 기이한 바위가 한 폭의 그림을 자아낸다. 제주에는 없는 것이 없다. 바다와 계곡, 산과 들, 푸른 하늘과 억새, 그리고 노오란 유채꽃 등 자연을 만끽하면서 아르떼 뮤지엄으로 향한다.

명화, 거센 파도, 살아 움직이는 꽃, 나비 ,움직이는 동물까지 빛으로 만들어낸다. 거센 파도 위에 앉아보았다. 실제 파도와 같은 느낌이다. 모두 이 순간을 담아보려고 카메라를 눌러댄다. 눈은 호강하는데 배가 슬슬 고파온다. 유명하다는 흑돼지 오겹살로 배를 채우고 중문 스위트호텔로 향한다. 아늑한 호텔에서 처음으로 깊은 잠이 들었다.

제주 3일 차, 가까운 천제연폭포에 들려 한림읍에 있는 새별오름으로 향한다. 차창으로 보이는 제주의 풍경이 그림 같다. 가는 곳곳마다 한라산이 보이는 화창한 날이다. 오늘따라 구름 한 점 없다. 주차장에는 벌써 관광객들로 가득하다. 오름을 오르는 사람들이 깨알처럼 보인다. 제주도의 억새가 모두 이곳으로 모인 것처럼 오름 전체가 온통 억새로 가득하다.

억새 사이 야자매트 길을 따라 어림잡아 70도 경사를 오르다 보니 땀이 송골송골 맺힌다. 제주도가 한눈에 보이는 오름 정상에서 딸과 다리를 뻗고 잠시 쉬어본다. 멀리 한라산이 보인다. 작년 봄 백록담 정상까지 오르며 외쳤던 탄성 소리가 메아리 되어 들리는 듯하다. 사월인데도 흰 눈이 가득했던 추억을 기억하면서 오름을 내려오니 핑크뮬리로 가득한 카페가 보인다.

솜털 같은 핑크뮬리를 배경으로 인증샷을 찍고 마지막 여행지 협재해변으로 달린다. 협재해변의 바다 빛은 쪽빛인가? 에메랄드빛인가? 옥빛인가? 어떤 색으로도 표현이 안 될 정도로 아름답다.

2박 3일 여행을 마치고 공항으로 가는 길. 애월의 단골 맛집 홍게와 홍합, 전복이 들어간 해물라면의 얼큰함은 아직도 잊을 수가 없다. 아름다운 제주에서 또 다른 추억을 만들며 저녁노을이 붉게 물든 공항으로 향한다. 좋은 추억을 만들어 주신 하나님께 감사드린다.

꽃비 내리는 경주, 부산
—

여행이란 소풍을 기다리는 초등생의 마음처럼 기대와 설렘이라 말할 수 있다. 언제나 베스트 드라이버인 막내딸이 운전을 한다. 운전경력은 내가 훨씬 많은데도 운전을 좋아하는 딸은 엄마에게 운전대를 절대 맡기지 않는다.

오랜만에 30~50km의 저속 스트레스에서 벗어나고 싶었지만, 엄마를 위한 배려라 생각해 본다. 5시간을 달려 경주에 도착했다. 호텔 로비에서 보이는 경주 보문단지는 연핑크 벚꽃으로 가득 차 있다. 핑크빛 꽃비를 맞으며 보문호수의 고즈넉한 둘레길을 걸었다. 너울거리는 버드나무 연두빛과 핑크빛 벚꽃의 어울림이 마치 수채화 같은 호수를 눈에 가득 담으면서 '경사스러운 마을' 경주에서 여행을 시작한다.

신라 서라벌의 고릉(古陵)이 모여 있는 '대릉원'으로 향했다. 미추왕릉, 천마총, 황남대총은 마치 작은 산처럼 그 크기가 어마어마하다. 저녁노을과 고분의 모습에서 500년 전의 전설이 느껴지는 듯하다. 길게 쌓은 회색빛 돌담과 핑크빛 벚꽃의 조화에서 한국적 냄새가 풍긴다. 날이 점점 어두워진다. 야

경이 아름다운 '동궁과 월지'로 향했다.

예전에는 '안압지'로 불리던 곳이다. 찬란한 조명이 마음을 설레게 한다. 한 편의 시를 쓰고 싶은 충동이 느껴지는 황홀한 야경이다. 조명을 흠뻑 받은 벚꽃이 예술이다. 주위가 그림 같다. 추억을 남기려고 여기저기 셔터를 누른다. 코로나로 답답했던 마음이 순식간에 없어지는 듯하다.

다시금 부산을 향하여 달린다. 가로수로 단장된 벚꽃길이 아름다운 경주를 벗어나니 산 벚꽃이 우리를 반긴다. 초록과 연두, 분홍이 어우러진 한 폭의 동양화를 즐기면서 부산에 도착했다.

벌써 바다 내음이 코끝으로 슴슴하게 들어온다. 해안산책로를 걷는 여행객은 물론 갓 잡은 해삼과 소라를 파는 상인들 모두가 정겨워 보인다. 바다 옆으로 층계를 따라 올라가니 흰여울 문화거리가 이어진다. 옛집을 개조한 전망이 아름다운 카페와 선물 가게가 즐비하다.

해운대에는 벌써 해가 저물고 있다. 저녁놀이 지기 전에 해운대를 배경으로 사진을 찍어본다. 불빛이 화려한 해운대는 모래축제 준비를 하고 있었다. 다음 날 아침 햇살에 반짝이는 바다를 가로지르며 부챗살처럼 퍼지는 흰 포말을 밟으면서 잠시 동심으로 돌아가 본다.

해운대 곁 언덕길엔 꽃비가 마구마구 쏟아진다. 바람결 따라 달려온 연핑크 꽃잎들이 길가에 한가득씩 쌓여있다. 떨어진 꽃잎을 한 줌씩 휘날리며 추억을 쌓는 연인들의 모습이 그림이다. 아름다운 사월의 모습을 눈에 가득가득 담아올 수 있도록 좋은 날씨와 건강을 주신 주님께 감사를 드린다.

핑크빛 겹벚꽃에 빠진 날

해외 여행길이 열리긴 했지만 인원 미달로 취소되었기에 강원도 양양, 대관령과 충북 제천, 단양으로 정했다. 오월의 아침햇살이 따뜻하게 느껴지는 날에 양양을 향해서 출발. 나와 성격이 정반대인 딸과 언제나 투닥투닥 하면서도 여행을 자주 다닌다. 누군가는 안 맞는 것이 잘 맞는 것이라고 한다.

드넓게 펼쳐진 양양 해수욕장 오월의 햇살로 따끈하게 데워진 모래사장에 두 모녀가 큰 대(大)자로 누웠다. 하늘은 파랗고, 바다는 푸르고, 바람은 살랑거리고 아 정말 좋다! 이 모든 것을 창조하신 하나님이 좋고 대한민국에 산다는 것이 좋다. 세계 어디에 견주어도 절대로 빠지지 않는 우리나라가 자랑스럽다. 2040년이면 G2 국가가 된다는 소식에 가슴이 부풀어 온다. 자자손손 아름다운 대한민국에서 세계에 위상을 떨치면서 살게 된다는 것과 세계에 복음을 전하는 복된 나라가 된다는 것이 너무도 감사하다. 하조대의 비췻빛 바다색이 그림 같다.

스노클링 하는 장소로 만들면 좋겠다는 생각을 해본다. 초록색 담장 덩굴이 어우러진 하조대를 둘러보며 황홀한 바다빛에 흠뻑 빠지다 보니 땅거미가 내린다. 석양이 붉게 물드는 낙산 비치호텔에서 달콤한 잠을 청한다. 호텔서 가까운 낙산

사, 의상대를 돌아보고 아점을 먹기 위해 설악산 오색약수터로 향한다. 산나물과 황태구이, 더덕구이로 차려진 산채정식으로 든든하게 채운 다음 철분이 엄청 많다는 오색약수터를 지나 녹음이 짙은 데크길을 걷기도 하고 자리를 펴고 누워 새소리 물소리도 듣기도 하며 시원하게 불어오는 바람결을 맞는다. 아직도 남아있는 연핑크색 겹벚꽃을 뒤로하고 평창을 향하여.

동계올림픽이 열렸던 평창에는 만국기가 휘날린다. 해발 1,150m 대관령 삼양목장 고지에 오르니 바람세기가 마치 태풍이 몰아치는 듯하다. 쓰러질 듯 쓰러질 듯 간신히 중심을 잡고 재빠르게 인증샷을 눌러본다. 나무들이 모두 앙상한 가지만 남아있는 이유를 알 것 같다. 예쁘게 다듬어진 데크길을 따라 내려오니 정상과는 전혀 다른 모습이 펼쳐진다. 양 떼들이 노니는 푸른 초원의 아늑함과 평안함이 한 장의 카드 같다. 양떼들에게 손을 흔들며 충북 제천을 향하여 달린다.

청풍호수가 바라보이는 '청풍 블르밍 데이 리조트'의 풍경은 그림 그 자체다. 호수와 나무, 바위와 꽃이 잘 어우러진 곳이다. 때마침 불어오는 봄바람에 노란 송홧가루가 마구마구 휘날린다. 눈과 코와 귀가 호강을 한다.

제천에서 단양으로 넘어가는 옛길에 들어서니 차들의 통행이 별로 없는 조용하고 고즈넉한 길이다. 온통 초록초록 연두연두 길이다. 단양에 있는 웅장한 고수동굴로 향한다. 기이한 바위들의 향연이 펼쳐지고 있었다. 종유석, 석순, 석주들이 저마다의 자태를 뽐내면서 관광객을 유혹한다. 한 사람이 지나가기에도 좁은 장소에 철제계단을 설치한 분들에게 감사함을 느끼며 대단한 기술 또한 박수 쳐드리고 싶다. 자연과 사람의 위대함을 다시금 느껴보는 시간이었음에 감사를 드린다.

춘천 & 속초
—

폭염으로 지친 몸을 힐링하고자 4박 5일로 여행 일정을 느긋하게 잡았다. 10일 아침이다. 가을바람이 살랑살랑, 하늘에는 꽃구름이 두둥실 더없이 좋은 날씨다. 북한강을 따라 춘천으로 향하는 길옆으로 수상스키를 즐기는 사람들이 눈에 띈다. 강물이 차가울 텐데 참으로 대단하다. 차에 발열기까지 켜놓은 나와는 대조가 된다. 벌써 호반의 도시 춘천에 도착.

　케이블카를 타고 삼악산까지 가는 길에 피오르드 같은 절경이 내려다보인다. 의암호를 둘러싼 계곡에 반하고 햇살에 반짝이는 의암호수가 반했다. 테크길을 따라 삼악산 정상에 오르니 춘천 시내가 한눈에 보인다. 호반의 도시로 손색이 없음을 인정한다. 외국 여행객의 관광지로도 부족함 없음에 뿌듯한 마음이다.

　춘천에 왔으니 닭갈비는 선택이 아닌 필수. 숯불에 구워 먹는 닭갈비로 맛난 식사를 하니 어둠이 짙어진다. 10월 11일 숙소 근처에는 6·25 참전국 에티오피아기념관도 있고 소양강 처녀상과 스카이워크도 있다. 해피초원 목장길을 따라 정상에 오르니 초록 초록한 산속에 피오르드가 보이는 포토존이 있다. 인증샷을 남기는 장소로 적극 추천한다.

아기자기한 것을 좋아하는 딸과 '감자밭카페'에 들리니 완전 야외카페다. 감자를 수확해서 감자빵과 감자라떼를 만들고, 그 장소에 맨드라미를 심어 손님들의 눈을 황홀하게 만드는 사장님의 센스에 박수를 드리고 싶다.

푸른 하늘 아래 비단결처럼 보드랍고 화사한 붉은빛, 주황빛, 노랑빛 맨드라미가 가득하다 너울거리는 들풀이 하얀 구름과 어울려 너무 아름답다. 맨드라미 꽃다발을 사서 딸에게 한아름 안겨주니 너무 좋아한다. 10월 12일, 춘천호에 드리워진 동양화 같은 운무를 감상하면서 속초를 향해 달린다. 여행객을 위한 인증샷 장소까지 만들어 놓은 홍천 휴게소에 감사를 드린다.

벌써 속초. 죽도항에는 서핑하는 사람들이 물도 차가울 텐데 꽤 많다. 젊음이 좋긴 좋구나, 마음속으로 생각하며 따끈한 초코라테를 마시면서 드넓게 펼쳐진 죽도바다를 품어본다. 전망대에 오르니 사방이 온통 바다다. 연속해서 밀려오는 파도가 예술이다.

10월 13일, 남설악 주전골을 향해 출발한다. 오색약수터엔 가을의 마스코트 빨강단풍이 마중 나와 있다. 맑은 계곡물을 보는 것만으로도 힐링이 된다. 남설악의 기기묘묘한 절경이 그림 같다. 3년간의 코로나를 겪으면서 답답했던 마음이 순식간에 녹는다.

정상까지 2.5km 가파른 등산길을 오르다 보니 선녀들이

내려왔다는 넓디넓은 선녀탕도 보인다. 정상에는 용소폭포를 배경으로 인증샷을 남기느라 사람들로 북적거린다. 마치 초록 잉크를 풀어놓은 것 같은 물빛이 신비롭다. 계곡물에 발을 잠 그니 차가움에 온몸이 얼어버리는 것 같다. 이렇게 비경을 바 라보며 잠시 쉬는 것만으로도 무엇으로도 대신할 수 없는 값 진 시간이지 싶다.

14일, 낙산호텔 주위를 둘러보았다. 깎아지는 듯한 바위 위 에 의상대와 홍현암이 아슬아슬하다. 우리 조상들의 건축 솜 씨에 감탄한다. 낙산사 정상에 오르니 사방으로 동해바다가 가득하다. 멋있게 뻗어있는 푸르른 소나무가 그 운치를 더한 다. 확 트인 전망에 저 멀리 속초 시내도 보이고 설악산도 희 미하게나마 보인다.

바다 내음과 산 내음을 흠뻑 마시다 보니 배가 출출하다.

맛집인 황태국집을 찾았다. 대기 번호가 75번째. 여행은 기다림이란 정의를 내려 본다. 여행 내내 좋은 날씨와 건강을 주신 주님께 감사를 드린다.

7. 가족 이야기

늦둥이의 애환

—

    한복을 곱게 차려입으시고 쪽머리에 동백기름을 발라 단정하게 비녀를 꽂으신 어머님의 모습이 그립다. 모처럼의 나들이에 양복을 입으시고 어머님의 손을 꼭 잡고 소양강댐에서 찍으신 사진첩 속에 아버님도 그립다. 내 나이 3살 때 어머니가 만들어 주신 옷을 입고 엄마 손을 꼭 잡은 가족사진도 정겹다.

    왠지 지나간 것이 점점 그리워진다. 세월이 쏜살같이 지나간다는 말이 실감 난다. 회갑 기념 책을 펴낸 것이 엊그제 같

은데 벌써 칠순 기념 글을 쓰고 있으니 말이다. 가끔 나를 돌아보면서 느긋하게 살아가는 삶에 익숙해졌다. 무엇보다도 이런저런 느낌을 글로 쓸 수 있음에 감사하다. 이 시간 타임머신을 타고 나의 어린 시절로 돌아가 본다.

늦둥이로 태어난 나는 세 살 때 시누이가 되었고 시누이 노릇은 너무도 어리기에 꿈도 못 꿨다. 오히려 올케가 무서웠다. 12명의 대가족 가운데 늦둥이 애로사항을 어찌 말로 다 표현하랴! 하지만 늦둥이기에 받은 사랑도 많다. 하교 후 꽁꽁 언 손과 발을 아버지의 따뜻한 손으로 녹여주시면 나도 모르게 스르르 잠이 들어버리곤 했다.

아버지는 초등학교 입학 전 주판도 가르쳐주셨다. 고사리 손으로 하나요, 둘이요, 셋이요 하면서 일찍 셈 공부를 한 덕분에 산수 성적이 뛰어났다. 아버지는 무릎베개를 해주시며 속담과 구수한 옛날이야기도 들려주셨다. 이렇게 좋은 추억도 많지만, 나이 많으신 부모님 때문에 말 못 할 사정도 있었다.

초등학교 운동회 날이면 도시락을 가지고 오시는 할머니인 듯 할아버지인 듯 나이 드신 부모님이 어린 나이엔 반갑지 않았다. 부모님 모습이 멀리 보이면 나무 뒤에 숨어버렸다. 파마머리 젊은 엄마가 아니기에, 양복 입은 젊은 아버지가 아니기에 부모님이 창피했다. 지금 생각하니 시력이 약하신 어머님이 막내딸을 찾느라 얼마나 힘드셨을까? 코끝이 찡해진다. 세월이 흘러 부모님 나이가 되어보니 이제야 철이 드나 보다.

자라섬에서의 추억

세계 모든 사람들이 2년 가까이 코로나로 어려움을 겪고 있다. 처음 겪는 일이다 보니 나라에서 시키는 대로 마스크를 쓰라 하면 쓰고 몇 명 이상 모이지 말라 하면 모이지 않고 있다. 모든 사람들이 가슴앓이하는 이때 코로나 스트레스를 날려버릴 겸 큰딸 가족과 가평으로 여행을 떠났다.

비가 온다는 예보가 무색하리만큼 하늘은 푸르고 하얀 구름까지 그림이다. 옛길로 들어서니 온통 진초록의 숲길이다. 시원하고 향기롭다. 한참을 달리다 보니 북한강의 넘실거리는 물결 위로 보트 타는 모습이 시원스럽다. 북한강을 끼고 펜션과 카페가 즐비하다. 여행이란 일상을 벗어나 자연과 접하면서 내 안의 묵은 찌꺼기를 벗어버리고 새로운 것을 바라보는 것이지 싶다. 펜션에 도착하니 강변 뷰는 아니지만, 숲이 보인다. 높은 산과 울창한 숲을 보는 것만으로도 눈이 시원하다.

오랜만에 두 딸과 사위, 손주들과 여행이다. 금강산도 식후 경인지라 호박, 부추, 감자, 청양고추, 양파, 당근을 넣고 만든 바삭바삭한 야채전과 시원한 막걸리로 입가심을 했지만, 모두들 소고기 참숯불구이에 눈독을 들인다. 탁 트인 야외에서 숯불에 굽는 소고기의 맛이 일품이다. 고기를 잘 굽는 사위의 손맛이 더해져 더욱 맛있다.

소화도 시킬 겸 주위를 걸어보았다. 한 치 앞도 보이지 않는 칠흑 같은 밤하늘엔 반짝이는 별들이 가득하다. 저 별은 너의 별 저 별은 나의 별, 콧노래가 절로 나온다. 시골냄새가 물씬 풍기는 숙소에서 얼기설기 잠을 청해본다.

다음 날 아침, 북한강 뷰가 보이는 아기자기한 카페에 들어서니 마스크를 끼고 있는 사람들의 모습이 낯설지 않음이 신기하다. 애완견을 데리고 온 사람들이 의외로 많음을 보며 사람보다 애완견이 더 편한 모습에 왠지 짠한 생각이 든다. 계곡물에 발이라도 담그고 싶어 계곡을 찾았지만 발을 담그자마자 갑자기 검은 구름이 하늘에 가득하다. 조금 있으니 빗방울이 떨어진다. 순간의 발 담금으로 짧은 피서가 끝났다.

오늘 숙소는 북한강이 보이는 펜션이 즐비한 곳이다. 거실 한가운데 커다란 욕조가 보인다. 이층엔 아늑한 침대가 있고 간단하게 조리할 수 있는 주방이 있는 아담한 숙소였다. 북한강이 훤히 보이는 테라스에서 수상스키의 시원한 모습이 보인다. 참으로 그림 같다. 가까운 자라섬으로 산책을 나갔다.

넓게 펼쳐진 초원과 하얀 뭉게구름이 초록빛 강물에 반사되어 한 폭의 수채화같이 정겨운 모습이다. 두 개의 섬으로 된 자라섬은 춘하추동 그 모습이 다르기에 어느 계절에 와도 좋을 것 같다. 사랑하는 두 딸, 손주와 걸었던 자라섬에서의 추억이 벌써 그리워진다. 모레부터 코로나 4단계로 격상된다는 뉴스를 들으며 참으로 어려운 시기에 이렇게나마 여행할 수 있었음에 감사를 드린다.

큰 언니의 부음

—

2021년 11월, 강원도 홍천을 향한다. 늦가을의 정취가 물씬 풍기는 산과 들을 지나 유명하다는 카페에 들렸다. 호텔 안에 있는 카페는 어마어마한 규모가 미술관이라 해도 될 것 같

다. 커다란 장작 난로 주위로 이른 캐럴이 울려 퍼진다. 갓 구워낸 버터 맛 몽블랑의 구수하고 바삭한 맛은 라떼와 궁합이 잘 맞는다.

목적지 '힐리언스 선마을'은 웅장한 산으로 둘러싸인 숙소와 식당, 스파, 찜질방 등이 있어 오롯이 힐링하기에 좋은 장소였다. 숙소가 산 정상이라 짐은 운반해 준다기에 홀가분한 몸으로 등산하듯 걸어 올랐다. 평상시 산행을 자주 하는데도 숨이 차다. 숙소에는 현대문명의 이기라고는 하나도 없다. tv도 냉장고도 핸드폰도 모두가 stop이다.

내 생각, 내 의지, 내 감정을 모두 내려놓아야 한다는 힐링 캠프다운 모습이다. 핸드폰에 들어있는 다양한 볼거리 읽을거리에 익숙해진 현대인들에게 다시금 자신을 돌아보라는 취지가 서려 있음을 느낀다.

벌써 저녁 식사 시간이다. 조금 전 올라왔던 길을 가파르게 내려가 식당에 들어갔다. 메뉴는 쌈 채소와 닭찜, 수육, 버섯 된장국이었다. 맛난 저녁 식사를 마치고 스파와 찜질방으로 향했다. 탄산수가 들어있어선지 물이 매끈매끈하다. 깊은 산속에 탄산수가 쏟아지는 것이 신비스럽다.

깜깜한 밤하늘엔 별들이 반짝인다. 찜질방에 누워 통유리

창 너머 별들을 세어본다. 옆 건물에서는 캠프파이어의 불길이 솟아오르고 군고구마를 구우며 추억을 만들고 있었다. 오랜만에 가을의 끝자락을 오롯이 즐기고 있는데 큰딸한테서 전화가 왔다. 이 건물에서만 와이파이가 켜지기에 어렵게 통화가 되었다.

"엄마, 큰이모가 돌아가셨대. 외삼촌들이 엄마에게 전화해도 안 받는다며 걱정하고 있어." 난 이미 예정된 일이어서 크게 놀라지는 않았다. 며칠 전 언니와 통화할 때 기력이 다한 목소리를 들으며 '이제는 얼마 안 남았구나' 생각했다. 뜨겁게 기도해주면서 언니에게 다짐받았다. "언니, 천국에 갈 자신 있어?" 언니는 "응, 천국에 갈 수 있어"라고 작은 소리로 대답했다. 이것이 언니와 마지막이었다.

그날 저녁 난 한숨도 잘 수가 없었다. 아니 잠이 오질 않았다. 언니의 고단했던 일생을 하나하나 떠올리면서 눈물이 범벅이 된 채 뜬눈으로 밤을 새웠다. 모든 침구가 라텍스로 편안했지만, 내 마음은 아프고 아렸다. 주일이 겹치기에 장례는 4일장이 되었다.

15일 월요일 발인예배를 마치고 화장터로 향하는 길에 눈을 감고 상념에 젖어보았다. 누구나 이 세상에 한 번 왔다가 100

년도 못살고 가는 인생인데, 좀 더 느긋하게 즐기면서 살아도 되는 것을 자신의 몸을 아끼지 않고 오직 자식을 위해 가정을 지키려 몸이 부서져라 희생한다. 어느 날부터 좀 여유를 가지고 살아보려 하면 몸이 여기저기 고장 나서 아픈 몸으로 살아가야 하는 것이 우리네 인생의 모습이 아닐까 생각해 본다.

벌써 화장터에 도착했다. 화장에 들어간 지 1시간도 못 되어 한 줌의 재로 변한 언니의 유해를 보며 가슴이 먹먹해 온다. 사람은 흙에서 나서 흙으로 돌아간다는 말씀이 현실이 되었음을 실감하며 슬픔을 가슴에 안고 가까운 납골당으로 향하는 가족들의 발걸음이 무겁다. 바로 그 순간 사랑하는 가족들을 영적으로 만나는 이곳에는 먼저 하나님 품에 안긴 언니의 평안한 모습이 밝게 비추는 햇살과 함께 오버랩되고 있었다. "사랑하는 언니야, 아픔도 죽음도 없는 영원한 천국에서 다시 만날 때까지 안녕."

아직도 서러운 마음에 울컥

—

   오늘따라 가슴 아픈 추억이 슬금슬금 나의 마음을 헤집는다. 7남매 늦둥이로 태어난 나는 3살 때 큰오빠가 결혼하고 새언니가 들어오면서 자동적으로 막내 시누이가 되었다. 어린 나이에 시누이 노릇을 할 수 없는 것은 당연하고 오히려 올케 눈치 보면서 지혜롭게 살아가는 법을 일찍 터득했는지 한 번도 꾸중을 듣지 않고 칭찬만 받으며 지내왔다.

   세월이 지나 초등학교를 졸업하고 중학교 입시시험을 봤다. 합격통지서를 가지고 그 당시 기득권이 있는 큰오빠에게

내밀었다. 그런데 오빠는 합격통지서를 보자마자 나가버린다. 막냇동생에게 축하는 못 할망정 얼마나 서운했는지 지금까지도 섭섭한 마음이 남아있다.

큰오빠는 돈이 들어가는 일에는 언제나 냉정했다. 모든 것이 아버지께서 일찍 큰아들에게 재산을 다 물려준 탓이기도 하다. 중학교, 고등학교를 졸업하는 순간까지 수업료 고지서만 나오면 자동적으로 어디론가 사라지는 오빠. 내가 늦둥이인 것을 빼면 잘못한 것이 하나도 없는 착한 동생인데 그 당시 큰오빠의 마음을 도저히 이해할 수 없었다.

고3 때 담임선생님이 실력이 있으니 대학교에 진학하라고 권하신다. 엄마에게 말씀드렸지만, 오빠한테 물어보라고 하신다. 그렇지만 난 오빠에게 말도 못 꺼냈다. 얘기해봤자 종적을 감출 것이 분명하니까. 내가 착한 것인지 어리석은 것인지 이렇게 고등학교 졸업장이 마지막 졸업장이 되었고 나보다 실력 없었던 친구들이 대학에 다니는 것을 볼 때마다 속상한 마음으로 바라볼 뿐이었다.

세월은 흘러 23살 어느 날 나에게 다가온 그 사람에게 그동안의 설움(?)에서 도망이라도 하듯 결혼 승낙을 했다. 알콩달콩 신혼의 삶에서 토끼 같은 두 딸을 낳기까지 행복한 나 날

속에 살고 있던 어느 날 건강은 자신하던 남편에게 말기위암이란 청천병력 같은 진단이 내려졌다.

남편의 간호와 이끌어 가야 하는 사업체, 엄마의 손이 필요한 어린 두 딸, 갑자기 내 어깨의 짐이 너무 무거워 차디찬 교회 마룻바닥에 눈물로 기도했던 지난날이 주마등처럼 생각난다. 그러나 그는 애쓴 보람도 없이 천국으로 향하고, 나는 생활전선에서 최선을 다했지만, 의료보험이 없었던 2년간의 투병 생활 속에 남은 것은 산더미 같은 빚뿐이었다.

작은 도움이라도 받을까 해서 처음으로 시댁을 찾아갔지만, 시어머님과 아주버님과 조카가 서로 미루는 모습을 보며 결심했다. '이제부터는 내 인생에 어느 누구의 도움 없이 오직 예수 그리스도만 의지하면서 살겠노라'고 굳은 결심을 했다.

수십 년이 지난 오늘까지 내 기도에 응답하신 하나님의 은혜로 살고 있었는데, 그동안 참았던 눈물샘이 터지는 일이 생겼다. 오랜만에 찾아온 막내 오빠에게 학창 시절 이런 일이 있었노라고 그동안의 설움을 말했지만, "큰오빠의 입장에서 이해하라"는 말만한다. 순간 내 안에 잠재된 서러움 때문인지 나도 모르게 눈물이 쏟아졌다.

내가 30년 넘게 어린아이들과 아픔을 참으며 살 동안 큰오빠는 전화 한 통도 없었다. 안부 전화도, 사업에 대해서도, 아이들에 대해서도…. 친정 부모님 살아생전에는 때마다 부모님을 뵈러 친정에 드나들었다. 지금 부모님은 돌아가셨지만, 명절이나 추석 때면 찾아가는 친정이다. 그때나 지금이나 여전한 큰오빠의 모습을 보며 불쌍한 마음이 든다. 하지만 오랜 세월 가슴속에 담겨 있던 설움에 그만 눈시울을 적시고야 말았다.

비녀 꽂으신 어머니
—

여느 때처럼 새벽기도를 마치고 신선한 아침 공기를 마시며 아침 햇살에 반짝이는 진초록의 잎사귀와 멋지게 자라난 풀더미 그리고 형형색색의 꽃을 보며 발걸음도 사뿐사뿐, 집 가까운 수목원을 다녀왔다.

이 일은 마음만 먹으면 누구든지 할 수 있는 것이지만, 누구든지 하지는 않는다. 하루 한 시간 정도 자신에게 투자한다고 생각하면 못 할 것도 없을 텐데 하는 마음이다. 이러한 습관은 어려서부터 자연을 좋아하기에 할 수 있는 것 같다. 잠시, 나의 어린 시절로 돌아가 본다.

　내 나이 다섯 살 때쯤인가? 야트막한 뒷동산에 올라 분홍색 패랭이꽃, 솜털이 가득한 보랏빛 할미꽃, 새하얀 망촛대, 앙증맞은 보라색 제비꽃, 귀여운 노란색 애기똥 풀꽃들이 얼마나 예쁜지 시간 가는 줄 모르고 즐겼던 기억이 난다. 이렇게 때 묻지 않고 곱게 자랐지만, 나에게는 핸디캡이 있었다. 할아버지, 할머니 같은 아버지, 어머니의 모습 때문에 열등감이 있었다.

　비녀 꽂은 머리가 아닌 파마머리 젊은 어머니를 둔 친구들이 부러웠다. 한복 입은 아버지가 아닌 양복 입은 아버지를 둔 친구들이 부러웠다. 집에 오시는 분들마다 "할아버지 계시니? 할머니 계시니" 하고 묻는 것조차 어린 나에게는 상처가 되었다. 초등학교 때 학교를 찾아오신 할아버지, 할머니 같은 부모님의 모습에 숨기까지 했던 기억이 난다. 세월이 흘러 부모님은 땅속에 흙이 되셨지만, 아직도 내 마음 한구석에 상처로 남아있음을 본다.

안타까운 마음
—

누구보다도 똑똑했던 둘째 언니가 치매로 '데이케어센터'에 다닌다. 옛날 것은 모두 기억하는데 최근 일은 계속해서 물어보는 안타까운 언니, 그래도 처음 들은 것처럼 계속 답을 해줘야 하는 참 무서운 병이다.

가장 큰 이유는 가족 간, 형제 간, 이웃 간에 스트레스가 제일 큰 원인이지 싶다. 언니의 삶을 되돌아보면 형부의 갑작스러운 죽음, 다시 만난 형부의 성격 등 이런저런 이유가 병이 생길 정도로 심각했었음을 느낀다. 79세의 나이지만 수영도 잘하고, 춤도 노래도 즐기던 언니이기에 더욱 안쓰럽다. 병이 드니 함께했던 친구들도 모두 떠나고 피를 나눈 형제자매와도 대화가 통하지 않으니 발길이 뜸하다.

치매는 뇌세포가 죽어가는 병이라 함께하는 가족까지 삶의 질을 떨어뜨린다. 스트레스가 없는 삶을 살기 위해서 말씀과 기도로 영적 힘을 기르고, 요가와 등산으로 체력을 단련하고, 균형 잡힌 식생활을 하고, 이웃과 형제간에 먼저 손을 내밀며 기쁘고 감사한 마음으로 살아가야 함을 더욱 느낀다.

어찌하든 피를 나눈 형제자매의 아픈 소식을 들으면 마음이 무거워진다. 부디 더 진행되지 않기를 간절히 바라는 마음이다. 2024년 5월의 마지막 날에 7남매 중 큰언니는 천국으로 먼저 가셨고, 큰 오라버님은 바깥출입이 불편하기에 5남매가 치매로 기억이 흐려진 둘째 언니를 위한 모임을 가졌다.

서서히 기억을 상실해 가는 언니를 모시러 데이케어센타에 들렸다. 많은 환우들이 흥겨운 음악에 맞추어 춤을 추는데 웬일인지 언니는 뒷좌석에 앉아만 있다. 동생이라고 하는데 언니는 동생이 없다고 한다. 이를 어쩌나, 한걱정을 했는데 내 얼굴을 내미니 그제야 동생을 알아본다. 언니를 모시고 고향 마을을 향하는 내 마음이 무겁다. 모임 장소에 왔지만 줄 곳 잠만 자려는 언니, 깨워도 일어나지를 않는다.

식사를 하고 자주 오르던 고향 삼막동 계곡으로 향했다. 현재는 마을에서 보이던 거대한 돌산 중앙으로 터널이 생겨 서울 신림동이 코앞이 되었다. 경인교대 정문 앞 공원에 자리를 잡고 오라버님들과 고향 얘기를 나누면서 평상시 언니가 좋아하던 애창곡인 이미자의 가요곡을 틀어주니 언니가 반응을 하며 따라 부른다.

2절까지 가사를 잊지 않고 부르는 모습에 가족들의 얼굴도 밝아졌다. 손뼉을 치면서 모두가 흥겨워하니 언니도 좋아한다. 연속해서 대여섯 곡은 부른 것 같다. 가물거리던 기억 속에 통로가 생긴 듯 희망이 보임에 감사하다. 뇌를 깨우는 연습을 통해 더 좋은 결과가 있기만을 기도한다. 더불어 언니와 가족들이 속히 주님께 나오기만을 간절히 바란다.

나의 고향 삼막동

두 오라버니와 고향을 찾았다. 자가용으로 30분 거리로 마음만 먹으면 언제라도 갈 수 있는 곳이다. 삼막동 느티나무 정거장에서 만나기로 했다. 어릴 때 친정아버님은 고향 마을 큰

어른이셨다. 동네 아이가 태어나면 이름을 작명하는 것부터 이사 가는 날, 혼례일 등 좋은 날을 찾아 주셨다.

뿐만 아니라 온 마을의 평안을 위해 일 년에 서너 차례 고목나무에서 제사를 집도하시는 제사장이셨다. 정거장에 도착하니 눈에 익은 느티나무가 이파리도 없이 앙상하고 검게 변해있었지만, 추억의 느티나무임에는 틀림이 없었다. 주위에는 맛집이 즐비하다. 식사 후 고향집을 향해 걸었다.

고향집 대문 문패에는 '삼막동 122번지'라는 주소가 그대로 걸려있다. 어릴 때 올랐던 감나무도 그대로인데 소꿉놀이하던 넓은 앞마당은 빌라가 촘촘히 지어져 있다. 소중한 추억을 잃은 것 같아 서운하지만, 내 땅이 아니기에 삼성산을 향해 타박타박 걸음을 옮겨야 했다. 아스팔트가 삼막사까지 포장되

어 쉽게 올라갔다. 정상에 오르니 인천 앞바다가 훤히 보인다. 문학경기장과 송도까지 흐렸던 날씨가 활짝 개었다. 가슴이 탁 트인다.

내가 대여섯 살 때 아버님은 막내딸인 나를 데리고 삼막사 반월암에 불공을 드리러 오르곤 하셨다. 어린 나는 법당에 들어가는 것이 너무도 무섭고 싫었다. 오직 아버님의 말동무로 따라다녔다. 이제야 생각하니 사소한 행동 하나하나까지도 하나님의 은혜가 있었음에 감사하다. 동행한 두 오라버니도 하나님을 신실하게 믿는 장로님이심에 감사하다.

나 혼자만의 생각 속 여행에 잠시 머무는데 오라버님이 내려가자고 한다. 산길을 따라 내려가다 보니 계곡물이 어찌나 맑은지 지나칠 수 없어 계곡물에 발을 담그면서 추억의 시간도 가져보았다.

하늘의 위로가 임하길
—

이 땅에서 사람과의 만남이 얼마나 소중한지 그 만남 가운데 둘째 올케와의 추억을 잠시 나누려 한다. 내가 중학교 다닐 때 오빠는 사귀던 여자 친구를 집에 데리고 왔다. 짙푸른 원피스를 입은 가수 김세레나를 꼭 닮은 미모의 언니를 보며 식구들 모두 예쁘다고 한마디씩 했던 기억이 난다.

결혼 후 오빠 부부는 장사를 시작했고, 조카들이 탄생하면서 막내 고모인 나는 갑작스런 호출에 적극적으로 임해야 했다. 세월은 흘러 한 달 전 비봉 농장에서 시누이 시동생들과 점심도 같이 먹고 심어놓은 부추, 들깨, 고구마, 배추, 무, 대파, 땅콩, 대추나무까지 구경하면서 오랜만에 오붓한 시간을 보냈는데, 갑자기 입원했다는 소식과 동시 위급한 상황이란 말에 나는 정신없이 안양 샘 병원 응급실을 찾았고 마침 병실로 옮기는 올케의 손을 잡고 눈인사를 했던 것이 마지막이 될 줄 정말 몰랐다.

집에 와서도 마음이 무거웠던 이유는 영접 기도를 내가 직접 해 주고 싶었는데 병원 규칙 때문에 쉽지 않았다. 누구나 세상에 한 번 왔다 가는 인생인데 왜 그리 사연들이 많은지, 왜 그리 아픔들이 많은지, 왜 그리 상처들이 많은지, 왜 이런 재앙이 일어났는지 우리의 이성으로는 깨닫기가 어렵다. 그러나 이 모든 일이 일어나는 이유는 분명히 있다. 그것은 세상 사람들 가운데 택한 자를 부르시려고 때때로 죽음의 재앙, 질병의 재앙이 오는 것이다.

재앙 없이 스스로 믿음을 가질 수 있으면 좋겠지만, 사탄은 끊임없이 우리를 유혹하고 있기에 쉽지 않다. 그런데 엊그제 정일 언니를 통해 언니가 천국에 가셨다는 확신에 찬 이야기를 들었다. 목사님께서 병실에 오셔서 영접 기도를 해주셨고. 언니는 "아~멘"으로 화답했다고 한다.

평안하게 잠든 언니의 모습에서 천국의 확신을 가졌다는 이야기였다. 구원은 하나님과 자신, 즉 1:1의 관계이기에 누가 대신 믿어 줄 수가 없다. 임종 때에라도 예수님을 영접해야 구원을 받을 수 있다는 것을 알기에 얼마나 감사한지 몰랐다. 비록 언니는 없지만 믿음의 형제자매들이 이 가정을 위해 늘 기도하고 있다.

사랑하는 아내를 잃은 둘째 오빠에게 마음의 큰 위로가 하늘로부터 오기만을 기도한다. 사람의 위로만으로는 힘이 되지 않음을 알기에, 누구나 이 세상에서 사는 날이 그리 길지 않다. 우리들은 이 세상에 잠시 왔다 가는 나그네 인생일 뿐이다. 혹여 가족 간에 마음의 상처가 있다면 다 풀어버리고 만나면 또 보고 싶은 가족이 되기를 바라는 마음이다. 무엇보다 가족들 모두 주님 안에서 살아가기를 간절히 기도한다.

이제는 말할 수 있다
—

한 사람을 지극히 사랑했었다. 순백의 사랑으로 열매를 맺고, 잠깐의 행복한 삶도 누려봤다. 가끔 아리고 아린 마음이 들 때면, "그래, 이런 인생도 있는 거야" 하면서 지금까지 40여 년을 살아왔다. 어쩌다 서운한 감정이 밀려올 때면 눈시울을 적셔도 보고 행복한 순간을 떠올리며 재빨리 눈물의 흔적을 지우기도 했다. 때로는 내면의 감정을 숨길 때도 있었다.

친정 부모님께는 나로 인해 마음을 힘들게 해드릴까 봐 슬프지 않은 척했고, 시댁 부모님 앞에서도 힘든 모습을 보이지 않고 지금까지 살아왔다. 이렇게 살아왔더니 모두 내가 많은 것을 가지고 많은 것을 누리며 사는 줄 안다. 어쩌면 현실을 그리도 모를까 하는 생각이다. 자신의 일이 아니라고 관심이 없었던 것은 아닌지 의문마저 든다. 이제 와 생각하니 감정에 솔직하지 않았기에 서운한 마음이 아직까지 내 속에서 꿈틀대는 것을 느낀다. 이제 그 진실을 하나하나 글로 적어보면서 오랜 세월 서운했던 내 마음의 앙금도 희석해 보려 한다.

이제는 말할 수 있다. 그이는 착했다. 시부모님, 시누이, 시아재, 조카들은 물론 동네 사람들까지 입에 침이 마르도록 칭찬했다. 그 칭찬에 나는 내 감정을 표현하기도 전 도매금으로 넘어갔다. 어떤 착한 일을 많이 했기에 저들이 저렇게 입에 침이 마르도록 칭찬을 할까? 그러나 아이러니하게도 나는 결혼 후 한 번도 월급봉투를 받아본 적이 없었다.

"가장으로서 생활비를 주어야 하는 것은 당연한 것 아니냐"라며 화도 냈었지만, 그는 자신이 가진 모든 것은 모두 당신 것이라며 그 순간을 교묘하게 빠져나갈 때가 많았다. 자존심이 많이 상했지만, 칭찬을 많이 받는 그이기에 어떤 이유가 분명히 있을 거야 하면서 가지고 있던 나만의 지참금으로 생활비를 충당했다.

그 후 그는 직장을 그만두고 친구의 소개로 사업을 시작했다. 동생의 사업이 마음에 들었는지 시숙이 같이하자고 했다. '동기간에는 사업을 함께하는 것이 아닌데' 하는 마음이었지만, 그는 형을 받아들이며 사업을 운영해 나갔다. 아니나 다를까 몇 년 안 되어 모든 것을 형에게 넘겨주고 금방을 같이 하자는 고향 친구의 제안을 받아들여 함께 사업을 했다.

난 어린 두 딸을 키우며 종업원 식사까지 열심히 도왔다. 하지만 얼마 안 되어 그 사업도 그만두고 초등 친구가 운영하던 대리점을 인수 받았지만, 번번이 친구를 이용할 때가 많았다. 이런저런 일들이 겹치니 스트레스로 병을 얻은 것은 아닌지 마음이 아프다. 결혼이란 기쁠 때나 슬플 때나 함께 의논하면서 가야 하는데 모든 것을 아내와 의논하지 않고 자신 마음대로 살아온 결과라 생각해 본다.

사랑하는 가족과 행복을 끝까지 누리지 못하고 눈을 감았기에 안쓰러운 마음 그 무엇으로도 표현할 수 없고 생각할 때마다 마음이 너무도 아프지만 어려운 삶 가운데 힘들 때마다 나의 곁에서 위로와 힘을 주시는 성령님이 계셨기에 이렇게 지난날을 추억하며 서운했던 마음의 응어리를 풀 수 있음에 감사하다.

동백섬의 추억
—

2024년 3월, 내가 이 세상에 태어난 지 70해 되는 날을 기념하여 친지들과 가까운 한정식집에서 조촐한 생일파티를 하였다. 벌써 90대, 80대, 70대 중반인 오라버니들 그리고 나를 바짝 쫓아오는 50~60대 친정 조카들. 지금까지 나와 희로애락을 함께 겪은 딸들과 사위, 대학생인 외손주와 함께했다. 이렇게 좋은 날 함께하기에 더욱 반갑고 기뻤다.

세상 살아가는 동안 경사, 애사가 끊이질 않는 것이 우리네 삶이지만, 각자의 삶을 살다 보니 특별한 날에만 만날 수 있기에 아쉬운 마음이 든다. 70을 맞이하지만 특별한 기분은 안 든다. 우리 부모님은 회갑 잔치도 동네 분들과 친척분들을 모두 모시고, 노래와 가무로 흥겹게 치렀으나 요즘은 100세 시대이기에 60~70세는 어린아이로 본다.

딸들의 정성이 담긴 생일파티 그리고 현금이 들어있는 감사장까지 받으니 그동안 힘들었던 삶이 보람 있는 삶으로 바뀐 기분이다. 무엇보다 부산 해운대로

축하 여행까지 즐겼다. 두 아들을 케어하면서 바쁜 가운데 함께한 큰딸과 부산까지 원거리 운전을 도맡은 작은 딸의 수고 덕분에 해운대 동백섬의 추억까지 만들 수 있었음에 감사하다. 이 시간 3월 5~7일 해운대와 동백섬에서의 추억을 그려본다.

5일 아침이다. 아직 몸이 완쾌되지 않은 채 운전하는 딸을 보며 안쓰러운 엄마의 마음을 아는지 모르는지 딸의 애마는 부산을 향해 달린다. 두 딸과 휴게소에 들려 차도 마시면서 여유롭게 부산에 도착했다. 예약된 호텔에 들어서니 해운대의 전경이 한눈에 들어온다. 거대한 빌딩 숲으로 둘러싸인 바다 위에 하얀 포말을 만드는 파도가 참으로 그림이다. 최상급의 뷰를 가진 호텔방에서 짐도 풀지 않고 두 딸과 멋진 바다를 바라보았다.

너무 멋진 야경이다. 세계 어디를 견주어도 전혀 부족함이 없다. 그냥 이렇게 밤을 새워도 아깝지 않을 것 같다. 다음 날 아침, 햇살이 비추기에 맨발로 모래 밟기에 도전. 아직은 차가움이 느껴지지만, 이왕 온 김에 운동도 할겸 걸어보았다. 우리 가족을 반기는 듯 철석거리는 파도 소리, 시원한 바닷바람을 맞으며 한참을 걷다 보니 배가 출출하다. 맛집에서 아점을 하고 바다뷰가 좋은 카페에서 세 모녀의 밀렸던 이야기는 끝이 없다.

딸은 가족 간 이해관계, 아이들 학교 문제 등 해결책을 찾기 위해 이야기보따리를 풀어 놓는다. 서로의 생각과 가치관이 다르기에 무조건 수용하는 것도 한 방법이 될 수도 있지만, 억지로가 아닌 딸의 마음이 스스로 열리기만 바란다. 시간이 약이라는 말처럼 당장은 속상해도 세월이 지나면 옅어짐을 알기에, 얼큰하고 시원한 부산 밀면으로 저녁 식사를 하고 숙소에 들어가니 밤 야경이 한 폭의 그림이다.

불빛 가득한 빌딩 숲으로 밀려오는 하얀 포말, 철썩거리는 파도 소리를 들으며 딸들이 준비한 다과를 먹으며 해운대에

서 둘째 날 밤은 깊어만 간다. 새벽 4시 바다를 바라보는데 갑자기 두 사람이 바다로 들어간다. 이 새벽에 무슨 일이지? 아직은 차가운 바다이기에 걱정이 되어 두 사람을 한 참이나 주시했지만, 끝내 바다에서 나오는 것을 볼 수 없었다. 어찌 이런 일이, 이렇게 무방비상태인 바다가 정말 무섭다. 인간의 생명이 허무하게 끝남에 어처구니가 없었다.

그러나 바다는 언제 그랬냐는 듯 계속해서 파도가 밀려온다. 떨리는 가슴을 잠재우며 동백섬으로 산책을 나갔다. 아직 남아있는 붉은 동백꽃 몇 송이가 우리를 반긴다. 바다 곁 테크 길에서 Apex 정상회담이 개최된 장소가 보인다. 어디를 가든지 글로벌한 대한민국이 자랑스럽다. 이렇게 좋은 나라인데 어찌하여 자살률 1위 국가가 되었는지 도저히 이해가 안 간다.

먹고살기 가난했던 시절엔 아이들 키우느라 바빠서 잘못된 생각은 아예 안 했는데 부유함이 오히려 독이 되고 있음에 마음이 아프다. 6·25 피난 시절 바다 곁 언덕 위에 있는 집들을 개조하여 만든 아기자기한 카페에서 또 다른 추억을 만들며 딸들과 추억여행을 잘 다녀왔음에 주님께 감사를 드린다.

8. 들꽃 추억

감잎 추억

2019년 새해 첫날 평촌소재 백운호수로 향했다. 지금은 아름답게 둘레길을 만들어 놓았지만, 예전엔 농사짓기 위해 물을 저장해 놓은 청계저수지로 불리던 곳으로 밤이 되면 불빛이라곤 전혀 찾아볼 수 없었던 적막한 곳이었다.

저수지 위로 달빛이 어스름 비추면 호수 속에 반영된 모습은 마치 동양화 같은 풍경이었다. 풋풋한 선남선녀들이 사랑을 속삭이던 길을 걸으며 감미로운 추억 속에 흠뻑 젖어있던 나는 집으로 돌아오는 길 삼성산 터널을 지나 삼성산 아래 작은 마을 삼막동으로 운전대를 돌렸다.

이곳은 내가 태어나 초등학교 때까지 자란 곳이며 꿈을 키웠던 소중한 곳이다. 어릴 때부터 들꽃을 좋아한 나는 아침 일찍 뒷동산에 올라 이슬에 젖어있는 할미꽃, 패랭이꽃, 제비꽃 등 앙증맞은 꽃들을 보면서 그 청초한 모습에 시간 가는 줄 몰랐다. 봄이 되면 진달래꽃 한아름 꺾어 대청마루 예쁜 항아리에 꽂아 놓고 혼자만의 즐거움을 느껴보기도 했다. 지금도 내 애칭이 들꽃 향기인 것은 아마도 어린 시절의 그 추억 때문이리라.

50여 년이 지난 지금 고향집은 주인도 바뀌고 낯선 모습으로 개축되어 있었지만, 어린 시절을 함께 한 100년이 넘은 감나무 한 그루가 옛 주인을 반갑게 맞아 준다. 그때의 영상이 선명하게 떠오른다. 바람이 많이 부는 날 돌담 사이에 떨어진 홍시를 주웠던 기억도, 감나무 가지에 앉아 예쁘게 물들어가는 감잎을 바라보며 소녀의 꿈을 키우던 생각도 난다.

　옛 추억을 떠올리다 보니 묻혀 있던 추억의 영상들이 파노라마처럼 떠오른다. 내 고향 삼막동은 삼성산 계곡에서 내려오는 맑은 물이 흐르는 곳이다. 얼마나 물이 맑은지 아침이면 계곡으로 달려간다. 여름이면 시원한 물로 겨울이면 따스한 물로 알맞게 데워진 신기한 물이 흐르는 그곳은 나의 어린 시절이 남긴 곳이기에 더욱 그립다.

　어머님 내음이 물씬 나는 장독대와 예쁘게 심어진 봉숭아꽃, 그 분홍 꽃잎을 따다 열 손가락 물들이던 추억도 생각난다. 오십의 나이에 저를 낳으신 아버님께서 별이 쏟아지는 초가을 저녁이면 앞마당에 멍석을 깔고 무릎베개를 해 주시며 옛날얘기며 재미있는 속담을 들려주시던 기억도 생각난다.

　캄캄한 밤이 되면 반딧불 따라 이리저리 쫓아다니던 그 시절이 지금도 눈앞에 아른거린다. 누구나 그렇듯 어린 시절의 그리움은 세월이 흘러도 잊지 못하는가 보다. 이렇듯 나의 고향 삼막동은 나의 감성을 깨우기에 충분했던 곳이며 어머님의 내음이 묻어있는 곳이며 아버님의 수고와 땀이 배어 있는 곳이며 형제자매의 우애가 서려 있는 곳이며 소꿉친구의 추억이 묻혀있는 잊을 수 없는 곳이기에 지금도 내 마음속에 살아서 이렇게 꿈틀거리고 있다.

가난했던 시절
—

갑자기 찾아온 영하 15도의 추위와 엄청난 눈 때문에 하늘길이 막힘을 보며 자연의 섭리에 더욱 겸손해지는 날이다. 1960년대 나의 어린 시절을 추억한다. 대부분의 가정이 그렇듯 참으로 가난한 시절이었다. 겨울이면 영하 20도를 오르내리는 추위에 학교를 다녔다. 얼굴은 물론 귀도, 발도, 손도 꽁꽁 얼어 글씨 쓰기도 어려웠다.

교실 난로 위에는 양은 도시락이 쓰러질 듯이 쌓였다. 조금이라도 따뜻한 밥을 먹기 위한 경쟁도 치열했다. 따뜻한 물도 연탄불에 데워서 조금씩 나누어 썼다. 연탄이 없어 아궁이에 불을 지펴 사는 사람들도 많았다. 대가족의 설거지도 앞마당에 있는 펌프로 끌어 올려 차가운 물에 맨손으로 해야 했다. 의복도 허술하고 부족하기에 여러 겹을 입는 것은 물론 꿰매어 입었다.

이불 빨래는 가까운 냇가에서 언 손을 불어가며 해야 했다. 보일러도 없었기에 방 윗목에 있는 물이 꽁꽁 얼기도 했다. 강추위 때문에 식구들은 옹기종기 한 이불 속에서 붙어서 잤다. 화장실을 다녀오면 그나마 자리도 없었다. 우리 손주에게 이런 이야기를 하면 소설 속 이야기라고 하겠지만, 이렇게 가난했던 대한민국이 참으로 많이 변했다.

집마다 보일러에, 정수기에, 자가용에 단열이 잘 된 집에서 부족함 없이 살고 있지만 무언가 허전한 느낌이다. 예전에는 대가족이지만 가족 간 끈끈한 정이 많았다. 아예 대문도 열어놓고 마실 꾼들이 연실 드나들며 부족했지만 나누어 먹으며 이웃 간 따뜻한 온정도 많았다. 부모님 생신날에는 온종일 북적북적 손님들도 많았다. 지나가던 걸인에게도 푸짐하게 한 상을 차려주었다.

설날이면 세배꾼들이 차례를 기다리며 어른들께 세배를 드렸다. 세뱃돈을 사탕, 과자로 대신 받았고 어쩌다 세뱃돈을 받으면 뛸 듯이 기뻐했다. 지금 아이들에게 세뱃돈으로 만원을 주어도 기쁜 표정이 없다. 작은 것에도 감사함을 배워야 하는데 모든 것이 풍족함에 잃는 것도 많은 것 같다. 대한민국이 세계 10위지만 중요한 것을 잃어버린 채 사는 것은 아닌지 참으로 아쉬운 마음이다.

섣달그믐날

—

오늘은 음력으로 섣달그믐날이자 까치설날이다. 어릴 때는 설날을 손꼽아 기다렸다. 설날이 되어야 꼬까옷도 입고, 맛난 음식도 먹을 수 있고, 어른들께 세뱃돈도 받을 수 있는 유일한 날이기 때문이다. 가난했지만 마음만은 풍성했고 나름 기대감도 컸다. 섣달그믐날 잠을 자면 눈썹이 하얗게 된다는 말에 순진했던 나는 졸음을 억지로 참느라 애쓴 적도 있었다.

대가족 명절 준비로 아침부터 만두소와 피를 만들어 오라버니들과 하루종일 만두를 빚으며 솜씨를 뽐낼 기회도 있었다. 일가친척이 보통 80여 명이나 다녀가는 명절을 준비하기에 한순간도 쉴 시간이 없었지만, 마음만은 즐거웠다. 내일이면 보고 싶었던 일가친척들을 만난다는 기쁨 때문이었다.

근 3년 코로나로 일가친척을 만날 수 없었다. 가족 간에도 예전 같은 화기애애한 모습이 사라졌다. 모든 것이 풍족하고 살기는 좋아졌는데 끈끈한 정이 없다. 상대방에 대한 배려보다 자신의 주장이 강하기에 아예 속마음을 닫아 버린다. 무엇이 사람들의 마음을 이토록 변하게 만들었을까? 섣달그믐날 밤에 곰곰이 생각해 본다.

좋은 기억 속의 사람이 되길
—

내 고향 삼막동에서 코흘리개 시절 함께 지내던 소꿉친구들을 떠올려 본다. 옆집 사는 봉0이, 주0이 와는 눈만 뜨면 땅따먹기, 고무줄놀이, 비석치기, 술래잡기하던 기억이 난다. 그후 주0이는 기자와 결혼했는데, 아들 돌잔치로 캐나다에 있는 시댁에 다녀오던 중 비행기 사고로 오래전 목숨을 잃었다.

같은 동네 친구는 열등감이 있었는지 성인이 되어서도 자신의 부족함을 보석으로 채운다. 10년 전쯤 만난 적이 있었는데 굵은 보석이 달린 목걸이, 열 손가락이 부족할 정도로 낀 반지, 번쩍번쩍한 팔찌를 보면서 나와 성향이 너무도 다름을 느꼈다. 그 후 지금까지 연락도 끊겼다.

　지O이는 여고를 졸업하고 은행에서 근무하다 결혼 후 원주에 살고 있었지만, 통화가 안 된다. 인O는 이종 오빠와 결혼을 했기에 친구지만 올케가 되었다. 근 30년 청주에 살면서 함께 했던 지인들도 나의 전화번호가 바뀌면서 내가 연락을 해야 통화가 된다.

　이렇듯 세월이 흐른 지금 연락이 끊긴 채 잊히는 친구들이

많다. 반면 중·고등학교 때부터 지금까지 50년 지기 친구들이 있다. 풋풋한 여학교 시절에 만났기에 엊그제 만난 것처럼 허물없는 친구들이다. 눈가엔 주름이 가득하고 반백의 머리에 몸놀림이 느리지만 마음만은 한결같다. 초등학교를 일찍 들어간 친구는 올해 벌써 고희가 되었다.

청주에서 만난 동갑내기 친구와는 가끔 통화를 한다. 시골 땅을 묵힐 수 없어 배, 포도농사를 짓느라 지금까지 애쓰고 있다. 나이가 들어감에 건강도 지키길 바라는 마음이다. 사역을 하면서 함께 했던 목사님과 성도들과는 간간이 카톡을 나누며 지낸다. 어디에 살든 무엇을 하든 건강하고 행복하게 지내길 바라는 마음이다. 언젠가 주님께서 부르실 때 천국에서 꼭 만나길 바란다. 이 시간 나 자신을 돌이켜 본다. 나는 누구에게 잊히지 않는 좋은 기억 속의 사람이 되고 있는지를….

함박눈이 내리는 아침에

—

밤새 소복이 쌓인 눈으로 온 천지가 하얗다. 천왕산 자락도

한 폭의 동양화 같다. 아름다운 모습을 그려보고 싶은 충동이 인다. 이 시간도 쉼 없이 함박눈이 펑펑 쏟아진다. 어느 해 보다 가뭄이 심했던 올해다. 한 해의 끝자락에서 가뭄을 해소하듯 눈이 내리고 있음에 풍요로운 새해를 기대해 본다.

한 달도 채 남지 않은 달력을 쳐다본다. 하루 또 하루 한 달 두 달 가속도가 붙어 달려온 시간이다. 잠시 눈을 감고 지난 열한 달을 되짚어본다. 헛되이 보낸 시간은 없었는지, 새해 첫날 소원했던 기도는 얼마나 이루어졌는지 그러나 한 해의 말미에서는 언제나 후회만 남는다. 더 섬겨주지 못했고, 더 사랑하지 못했고, 더 이해하지 못한 못난 나의 모습을 어찌해야 하는지 속죄하는 마음이다.

40도 폭염

—

뜨거운 햇살에도 푸른 잎을 너울거리는 문주란이 대견스럽다. 그런데 꽃이 필 때가 되었는데 아직 꽃대가 올라오지 않고 있다. 해마다 가녀린 흰 꽃을 피우던 산세베리아도 응답이 없다. 사시사철 어른 주먹보다 큰 다홍색 꽃을 수십 개씩 피우던 제라륨마저 꽃봉오리가 올라오질 않는다. 40도의 폭염에 무엇인들 정상일 수 없다는 생각이 든다. 사람들만 시원한 에어컨 속에서 더위를 피하고 있음에 미안한 마음이 든다.

지구환경이 점점 파괴되어 감을 절실히 느낀다. 자업자득이란 고사성어가 마음에 와닿는다. 사람들은 환경을 보면서 '옛날이 좋았는데'라고 말한다. 계곡 옆에서 자란 나는 시간만 있으면 계곡을 찾았다. 떠먹고 싶을 정도로 맑은 계곡물에 감탄사가 저절로 나왔었다. 지금은 오랜 가뭄 속에 물길도 말랐다. 발목까지만 물이 올라와도 고마워해야 할 지경이다. 황사와 미세먼지로 마스크를 써야만 외출할 수 있는 환경이 됨에 참으로 안타깝다. 이 모든 것은 문명의 발달이 빚어낸 결과로 하나를 얻으면 하나를 잃을 수밖에 없음을 생각하게 한다.

가을이 왔어요
—

불가마 속 같은 더위가 하루 만에 가을이 되었다. 광복절 새벽까지도 에어컨을 켜지 않으면 잘 수 없었던 폭염이었는데, 날씨만큼은 하나님의 전적 주관임을 더욱 느끼게 한다. 한 달 간 폭염으로 마음과 몸이 지쳐있었는데 살랑살랑 불어오는 바람에서 시원함을 느낄 정도로 그냥 있어도 기분 좋은 날씨다.

폭염 때문에 엄두도 못 냈던 대청소를 하고 앞산도 한걸음에 달려갔다. 가을바람처럼 시원함에 얼마나 오래 앉아 있었는지 배고픈 것도 잊었다. 111년 만에 폭염으로 사시사철 화려하게 피던 제라늄이 꽃도 안 피고 잎에 힘이 없기에 화분을 살펴보니 이를 어째, 뿌리가 무더위에 견디지 못해 썩어있는 것이 아닌가!

그동안 눈을 호강시켜주었던 꽃이었는데, 썩은 줄기는 잘라내고 썩지 않은 부분을 살려보려고 조심스레 옮겨 화분에 심어주었다. 애완견도 아프면 안쓰러운 마음이 들 듯 키우던 식물이라 그런지 안쓰러운 마음이다. 눈이 부시도록 파란 하늘을 보며 그나마 위로를 받는다. 가을바람에 가슴이 벌써 설렌다. 클래식 음악을 잔잔히 듣고 있으니 너무 좋다. 이 좋은 계절을 주신 주님께 감사를 드린다.

한 폭의 수채화 같은 날

구름 한 점 없는 에메랄드빛 푸른 하늘 아래 바람결 따라 살랑살랑 춤을 추며 내려오는 하얀 꽃잎들이 길가는 이들에게 즐거움을 더하고 있다. 앞산은 어느새 연둣빛으로 곱게 단장하고, 연핑크색 산 벚꽃과 어울려 한 폭의 수채화 같다. 돌담 의자에 앉아 따사로운 봄 햇살을 쬐어본다.

추위에 약한 내가 가장 좋아하는 날이다. 이렇듯 아름다운 날 50년 지기 친구와 산책을 나왔다. 알록달록 팬지꽃, 보랏

빛 할미꽃이 멀리 대전에서 온 친구를 반긴다. 하얀 마가렛 무리들도 덩달아 반긴다. 벚꽃, 개나리꽃, 부푼 봉오리 연산홍 등 이름 모를 봄꽃들 모두가 환영한다. 호수 속에 놀던 흰 두루미와 잉어, 오리들도 덩달아 좋아한다. 오랜만에 친구와 손을 꼭 잡고 옛이야기를 하다 보니 벌써 날이 저물어간다. 나이만큼이나 시간도 빨리 지나가는 느낌이다. 친구의 남은 인생도 오래도록 건강한 모습이길 바란다.

아카시아 진한 향기에 취한 날
—

하얀 아카시아 꽃내음으로 뒤덮인 날, 그 향기가 얼마나 진한지 마치 꿀통이 엎어진 듯 그 향기에 취할 것 같다. 초록색 이파리도 아침햇살에 비추어 반짝인다. 바람도 살랑살랑 볼을 간지럽힌다. 엊그제 미세먼지 날씨와는 완연히 다른 날이다. 아침마다 앞산 산행을 하지만, 오늘은 더욱 아름답다. 잠시 마스크를 벗고 크게 심호흡을 한다.

아카시아 꽃향기가 폐부 속 깊이 들어간다. 천왕산은 특별히 아카시아나무가 많다. 창문을 열어놓으면 집안 가득 향수를 뿌린 것 같다. 이렇게 천연향수를 마음껏 마실 수 있음에 감사하다. 어린 시절에는 달콤한 아카시아꽃을 먹었다. 지금 아카시아꽃을 아이들에게 먹어보라면 기절초풍하겠지만, 그 시절은 풍족한 삶이 아니었기에 간식 삼아 솔잎도 씹어 먹고, 찔레나무 연한 순도 까먹고, 산딸기도 따먹고, 칡뿌리도 캐 먹었다.

하얀 목화 꽃봉오리의 달콤함도 느끼고, 연분홍 진달래꽃의 연한 향기도 느끼면서 지금도 자연 속에 있는 모든 것이 잎부터 뿌리까지 우리 몸을 건강하게 지켜주는 치료약으로 쓰이는 것을 본다. 현대의학이 발전된 요즘이지만, 이 모든 것을 창조하신 주님 은혜에 더욱 감사한 오늘이다.

뚝배기 같은 친구들

연초부터 발생한 우한 폐렴 때문에 두 달에 한 번씩 만나는 모임도 근 일 년 동안 모일 수 없었다. 올해도 벌써 11월 중순이다. 해를 넘기기가 못내 아쉬워 마스크로 단단히 무장을 하고 나갔다. 중·고 때부터 지금까지 만난 지 50년이 훌쩍 넘은 친구들이다. 반세기가 흐르다 보니 어릴 때의 청순한 모습은 어딜 갔는지 지금은 눈가의 주름이 확연히 드러나는 할미들이 되었다. 그래도 마음만은 변함없는 친구들이다.

남은 인생 건강하기만을 바라지만 뜻대로 안 되는 몸이 되었다. 허리 골절로 입원한 친구, 손주 돌보느라 시간을 내기 힘든 친구, 연골이 닳아 걷기가 불편한 친구, 주말에 간신히 나온 친구를 보며 안타까운 마음이다. 이제부터는 자신을 내려놓고 사는 것이 현명하다고 생각해 본다.

나 자신도 언제부터인가 신발장에 있는 뾰족한 구두도, 장롱 속에 있는 멋진 투피스도, 편한 신발과 편한 옷에 밀리고 있음에 씁쓸한 웃음이 나온다. 옷장에 옷들이 주인을 기다리

고 있지만 대부분 선택에서 탈락한다. 입는 옷만 입고, 신고 다니던 신발만 신고, 들고 다니던 가방만 들고, 한 번씩 옷장을 정리하면서 눈에 띄지 않았던 옷을 발견할 때면 "이런 옷도 있었네" 하면서 반가운 마음이 들 때도 있다.

나만의 일이 아니기에 이렇게 편하게 부담 없이 이야기한다. 이런저런 이야기꽃을 피우다 보니 저녁 시간이 다가왔다. 가끔이라도 이렇게 얼굴을 맞대고 이야기 나눌 수 있는 오랜 친구가 있음에 감사하다.

친구 동생이 운영하는 갤러리에서 향긋한 국화차와 색깔고운 순무 차 대접을 받고, 청초하고 앙증맞은 그림이 그려진 마스크 선물까지 받으며 하루를 행복하게 마무리했다. 울 친구들, 이 땅에 머무는 그 순간까지 우리들의 우정이 언제나 한결같기를 바란다.

9. 복음의 글

사순절을 보내며

사순절이란 부활절이 있기 전 40일 동안 우리의 죄 때문에 십자가에 못 박히신 예수님의 고난에 동참하는 기간이다. 사순절이지만 눈물도 마르고 열정도, 감격도 없는 내 모습을 보며 주님 앞에 민망스러움을 감출 수가 없습니다. 마지막 때 사탄은 우리의 믿음도 열정도 슬며시 내려놓게 만든다는 것을 이미 알고 있음에도 편안함에 안주하려는 내 모습을 바라봅니다. 세상에서 이루어지는 모든 일들을 보며 주님의 재림이 가까움을 느낍니다.

기름 준비한 다섯 처녀같이 날마다 말씀과 기도, 복음 전하는 일에 다시금 열정을 구합니다. 나의 죄를 사하시려 십자가를 지신 주님! 골고다 언덕 십자가에서 대못에 박힌 두 손과 두 발, 머리에는 가시 면류관, 옆구리의 창자욱까지 모진 고통을 받으시며 흘리신 피. 나를 위해 고난받으신 그 은혜와 사랑을 무엇으로 보답할까. 수많은 선진들의 순교로 지켜낸 신앙을 본받아 주님 재림 때까지 믿음 지키면서 살기를 원합니다. 주님 다시금 저를 향한 사명의 길을 열어주소서!

부활절 아침

    예수님의 부활은 믿는 자에게는 가장 큰 의미가 있다. 언젠가 인생의 죽음이 오면 육은 흙으로 돌아가고 영은 영원한 천국으로 들어간다. 사역을 내려놓고 세상 사람들을 만나고 있다. 저들은 천국도 부활도 아무 관심 없고 세상에서 잘 먹고 잘살다 죽으면 끝이라고 한다. 그러나 성경 말씀이 지금까지 정확하게 이루어졌고, 현재 성경 속 사건들이 창조과학자들에 의해 속속히 사실임을 밝혀지고 있기에 택한 백성들이 주님 안으로 속히 돌아오길 간절히 바란다.

    딸아이와 앞산에 오르니 산신제를 지낸 흔적이 보인다. 떡이며 과일이며 돼지머리가 상에 놓여있다. 사람을 '만물의 영장'이라고 하는데 이 모습에 안쓰럽기까지 하다. 저들은 하나님을 모르기에 아무 생각 없이 제사를 지낸다. 하나님을 믿기 전 나도 그 무리에서 떡을 먹고 고기를 먹은 적이 있었지만 하나님의 은혜로 이제는 하나님을 증거 하는 크리스천이 됨에 감사하다. 헛된 우상에게 복 받길 원하는 저들이 한없이 불쌍하다. 부활절 아침이다. 저들을 위해 더욱 기도하며 복음 전함으로 많은 사람들이 주님 앞에 돌아오길 간절히 소망한다.

주일 아침
—

　새벽이면 자동으로 눈이 떠진다. 창문을 열고 심호흡을 한다. 참으로 맑은 하늘이다. 바람도 살갑게 창문으로 들어온다. 지난 사역 속에서는 주일이 바빴는데 사역을 내려놓으니 여유시간이 많다. 요즘은 핸드폰으로 말씀과 찬양을 온종일 들을 수 있음에 감사하다. 오늘도 말씀에 은혜를 받았다. 이 시대 크리스천들이 꼭 들어야 할 말씀으로 냉정한 것 같지만, 믿음의 사람에게는 중간이 없음을 선포하는 말씀이 마음에 와닿는다. 사역 속에서 예수를 믿는 믿음에는 타협이 없음을 강하게 전하였다.

　'모'아니면 '도'의 믿음 생활을 강조하였다. 나 자신도 주님의 나라를 생각하면 두렵고 떨리는 마음이 든다. 예수님의 제자 중 예수님을 배신한 가룟 유다를 보면서, 주님의 기름 부음을 받은 사울 왕의 마지막을 보면서, 나 자신을 다시 점검해 본다.

나는 세상 사람들과 어울림 속에 온전한 크리스천으로 살고 있는지, 그들에게 선한 영향력을 주고 있는지, 그들에게 복음의 소리를 들려주고 있는지, 그들을 위해 날마다 눈물의 기도를 하고 있는지, 오랫동안 복음을 전하였지만, 아직도 마음문을 열지 못한 형제자매들을 보면서 복음 전함에 나는 무엇이 부족했는지, 50년 지기 친구에게도 담대하게 복음을 전했는지, 영적인 문제로 다투기를 꺼렸던 나 자신의 부족함을 깨달으며 다시 한번 다짐한다.

주님, 그리스도의 군사로 사탄의 세력 앞에 담대하게 하소서! 주님, 그들의 영혼을 위해 날마다 눈물로 기도하게 하소서! 주님, 그들의 아픔을 함께 느끼며 손잡게 하소서! 주님, 그들을 위해 따뜻한 사랑의 마음과 불쌍히 여기는 마음을 주소서! 주님, 날마다 주님이 주시는 마음으로 살아가게 하소서! 주님, 주님의 말씀이 선포되는 모든 교회 위에 성령의 역사가 일어나길 예수 그리스도의 이름으로 기도드립니다. 아멘!

복음 편지를 보내며

내 마음속 깊은 곳에 복음의 열정이 있기에 마음이 편하질 않다. 사역을 마친 후 믿음의 자녀들과의 삶에서 세상 사람들과의 삶으로 방향이 바뀌었음에 아직도 어설프고 낯설 때가 많다. 세상 노래도 세상 춤도 모르는 나에게 주님의 뜻이 분명 있으심을 믿는다. 요나가 니느웨로 가서 외치라는 말씀을 외면하고, 다시스로 도망간 마음이 조금은 이해가 간다.

인생에서 일어나는 모든 일이 저절로 일어남이 없음을 알기에 주님 앞에 무릎을 꿇으며 세상 사람들에게 복음 편지를 보내고 있다. 그러나 예민하게 반응하는 사람들이 있다. 심지어 화를 내기까지 한다. 이 길만이 생명의 길이고 구원의 길인데 다른 방법이 없는데, 세상 속 어둠의 세력들이 끊임없이 방해하고 있음에 참으로 안타까운 마음이다. 오, 주님 저들의 영혼을 속히 주님 곁으로 이끌어 주소서!

나에게 주신 사명

요즘처럼 일이 손에 잡히지 않을 때가 없었다. 요즘처럼 나라를 생각할 때마다 눈물이 나온 적은 없었다. 요즘처럼 내가 무엇을 어떻게 해야 하나라고 고민한 적이 없었다. 이 모든 것은 내가 하나님의 자녀이기에 거룩한 부담감이라고 생각한다. 이 세상을 창조하실 때부터 한 사람 한 사람에게 사명을 주셨음을 알기에 내 인생 여정을 생각하면서 글을 쓴다.

나는 누구인가? 나는 가난하지만, 화목하신 부모님에게서 태어났다. 부모님의 가르침에 순종하며 살다가 순수한 사랑으로 한 가정을 이루었다. 그러나 주님은 나에게 어떤 계획이 있으셨는지 그 사랑을 떠나보내고, 긴 세월 사업도, 사역도 감당하면서 자녀를 키웠다. 그러나 아직도 내 마음을 불편하게 하는 것은 주님께서 나에게 주신 '사명' 때문이다. 세상 속에서 커뮤니티 활동을 하면서 이런저런 봉사를 하고 있지만, 맞지 않은 옷처럼 불편함을 느낀다. 내 자리가 아님을 종종 느낀다.

세상 속에서 모든 것을 다 내려놓고 살아간다는 것도 쉬운 일이 아니기에 지금까지 확고한 결단을 못 내리고 있음에 마음이 불편한 가운데 있었다. 그러던 어느 날, 북한을 추종하는 주사파가 이 나라를 공산화하려 한다는 유튜브를 보면서 악한 세력을 저지하기 위해 2019년 10월 3일부터 광화문 집회에 나가기 시작했다. 경상도, 전라도, 충청도, 강원도, 경기도, 서울시민들이 엄청나게 광화문 집회에 나오고 있다.

내 마음속 끓어오르는 애국심도 공산화는 절대로 안 된다는 믿음 때문이다. 수많은 기독교인들이 모든 일을 제쳐두고 나오는 이유는 하나님의 계획이 대한민국에 있음을 느끼기 때문이다. 하나님(교회)과 사탄(공산당)은 절대로 하나가 될 수 없기에 어제(12월 16일)는 여당인 더불어민주당이 공수처법과 연동형 비례대표제를 통과시키려 함에 국회의사당으로 갔다.

허리통증으로 보호대를 하고 달려갔다. 삼엄한 국회의사당 정문을 통과하여 잔디광장을 지나 본관 앞에서는 자유한국당 지도자가 연설을 하고 있다. 갑자기 아우성이 들린다. 국민들이 국회로 들어오지 못하게 경찰들이 막고 있었다. 시민들이 자유롭게 드나드는 곳을 공권력을 이용해서 차단하다니 어처구니가 없었다. 이 나라가 벌써 독재국가로 향하는 것 같아 마음이 아프다. 모든 불법이 속히 지나가기만을 기도한다. 이 또

한 나에게 주신 사명이라 생각한다.

흔들리는 자유민주주의

1948년 8월 15일, 국부 이승만 대통령은 대한민국의 건국이념을 자유민주주의, 자유시장경제, 한미동맹, 기독교 입국론으로 세우셨다. 그러나 3대 좌파 정권이 들어서면서 북한 정권을 추종하는 주사파 세력이 박근혜 대통령을 불법으로 탄핵하고, 언론과 사법부를 장악하고, 무고한 백성들을 감옥으로 잡아넣고, 동성애법과 차별금지법까지 만들려 함에 통탄할 노릇이다.

무엇보다 전교조로부터 좌편향 된 교육을 배운 40~50대들과 이들을 낳고 키운 부모님 세대와 이념이 다름에 안타까운 마음이다. 가난하고 힘든 삶 속에서도 자녀들의 앞날을 위해 허리끈을 졸라매면서 키웠지만, 이들은 부모님의 생각이 잘못되었다고 반론을 제시한다. 이념 문제로 대화까지 단절되어있는 현실이다.

가정에서 역사를 바르게 교육하지 못한 부모 세대에게도

책임이 있음을 절실히 느낀다. 우리 아이들이 붉게 물들어 갈 동안 전혀 모르고 있었다는 것을…. 이제부터라도 우리 자녀들에게 올바른 국가관과 건국이념을 가르쳐야 대한민국의 앞날에 희망이 있음을 절감한다.

코로나 가슴앓이

세계적으로 전염병이 퍼진 것은 처음이다. 2020년 1월 중국 우한으로부터 시작된 코로나를 초기 대응을 못한 이유도 있지만 어쩌면 하나님의 심판이 가까움을 느낀다. 성경을 보면 하나님 말씀을 거역한 이스라엘 백성에게 애굽에서 400년, 바벨론에서 70년의 종살이를 하게 하셨고 성적으로 타락한 소돔과 고모라성이 유황불로 무너짐을 보면서 말씀이 살아있음을 더욱 느낀다.

근 1년 정상적인 예배를 드리지 못하기에 가슴앓이를 하고 있다. 정부는 코로나를 4단계로 격상하고 교회 예배 인원을 19명으로 제한했다. 참으로 기가 막힌 일이다. 백화점이나 지하철은 사람들로 붐비는데, 오직 교회만 인원을 제한한다. 성경 속 교회의 핍박을 피부로 느낀다. 일부 교회는 대면 예배를 드렸다고 감옥까지 갔다. 그 악함에 분노가 치민다. 의사들의 구체적인 설명에도 아랑곳하지 않고 질주하는 하이에나 같다.

잘못된 것을 저항도 않는 허수아비 국회의원들이 있음이 더 화가 난다. 무엇보다 나라의 운명이 막바지에 있는데도 목회자들마저 깨닫지 못하는 현실이 더욱 참혹하다. 사상과 이념이 얼마나 무서운지 실감 나는 세상이다. 기독교와 공산주의가 하나가 될 수 없음을 알면서도 좌파를 따르는 기독교인들이 있다. 이 일을 어쩌면 좋은지 종일 일이 손에 잡히질 않는다.

내가 초·중·고를 다닐 때는 반공교육이 철저하였다. 학교에서는 반공 포스터를 그렸고 불법 전단을 주워 경찰서에 신고했다. 어릴 때 6·25 당시의 처참함을 부모님께 직접 들었기에 잠을 못 이루고 있다. 70여 년이 흐른 지금 자녀들은 학교와 직장 생활하기에만 바쁘다. 먹을 것이 풍부하고 아쉬움 없는 이들은 비커 속에 개구리처럼 자신들이 서서히 죽어가는 줄도 모르고 있다.

카톡 친구들에게 정부의 사기 코로나 실상을 전해주었지만 별 반응이 없다. 모두 속마음을 표현하는 것조차 두려움을 느끼는 것인지 그냥 아무 생각 없이 사는 것인지 알 수가 없다. 나 한 사람이라도 끝까지 자유대한민국을 지켜서 '예수한국 복음통일'이 이루어지는 것을 꼭 볼 것이다!

하나님의 심판
—

한두 달이면 소강될 것 같았던 우한 폐렴이 전 세계로 확산하고 있다. TV를 보니 이탈리아에서 우한 폐렴으로 인한 시체가 얼마나 많은지 마치 쓰레기더미처럼 한 곳으로 치우는 모습에 비참한 마음이다. 과학과 의학이 최고인 현재 바이러스 백신이 없어 속수무책인 것을 보니 세상의 마지막이 가까이 왔음을 느낀다.

하나님은 세상을 창조하시고 사람을 지으시고 성경 말씀을 주시면서 번성하면서 행복하게 살라 하셨지만 이를 어기고 죄 가운데 빠진 인간에게 때때로 심판을 내리셨음을 본다. 인류 역사 6000년 속에 아브라함으로부터 시작된 구약의 시간이 4000년, 예수님 탄생 이후 신약의 시간이 2000년이 지난 지금의 현시대다. 주님 재림이 가까울수록 세상은 어둠이 팽배해진다는 말씀이 생각난다.

세계적으로 동성애를 허락하고 차별금지법을 만들어 부모가 자녀를 체벌하는 것조차 법으로 금지하겠다는 참으로 생각지도 못했던 일들이 비일비재하다. 정부는 광화문에서 예배드리는 것은 막고 동성애 축제는 허락했다고 한다. 이제 갈때까지 간 이 백성에게 하나님께서는 전염병을 통해 깨닫기를 원하심을 느낀다. 3일간 금식을 선포하며 함께 기도하길 바라는 J 목사님의 옥중 기도문을 올려본다.

- 주사파들이 대한민국에 둥지를 틀고 정권을
  장악할 때까지 나라와 민족을 위해 간절히
  기도하지 못했던 것을 회개합니다.
- 자녀를 말씀으로 양육하지 못하고 세상 공부에만
  치중하게 했음을 회개합니다.
- 이웃을 사랑하지 못하고 교회만 부흥하길 원했음을
  회개합니다.
- 하나님 말씀보다 세상을 좋아하고 즐기면서 살았던

것을 회개합니다.

- 오, 주님! 우리들의 간절한 기도에 응답하시어
이 나라가 세계를 깨우는 제사장의 나라 되게
하시며 저 악한 주사파 세력을 속히 멸망시켜
주시고, 자유민주주의 대한민국으로 하나님만을
섬기며 맡긴 사명 잘 감당하면서 살아가도록
도우소서! 우리를 죄에서 구원하신 주 예수
그리스도의 이름으로 기도 드립니다.

탄압의 시작
—

2020년 8·15 광화문 집회는 100만 애국 국민들이 모여 문 대통령 하야를 외쳤다. 그러나 이를 계기로 문 정부는 잘못을 뉘우치기는커녕 코로나로 국민들을 탄압하고 있다. 집회 하루 전날인 8월 14일 갑자기 코로나 확진자가 늘었다며 집회를 막았다. 그러나 정부에 불만이 가득 찬 시민들의 가슴은 불타올랐다. 다행히 늦은 시간에 집회 허가를 받았기에 폭우 속 집회는 끝났지만, 문 대통령의 잘못을 지적하시던 J 목사님을 구속까지 했다.

정부는 코로나 확진자 수가 갑자기 늘어난 이유가 8·15 집회 때문이라고 억지 주장을 하지만, 감염내과 의사의 말에 의하면 바이러스는 들어오자마자 발병하는 것이 아니라 4~5일의 잠복기를 거쳐 나타난다고 한다. 참가자들에게 코로나를 적용하려면 적어도 4~5일이 지나야 한다는 말이다. 그럼에도 불구하고 집회에 참가했던 사람들에게 핸드폰 위치추적까지 했다. 더 놀라운 것은 200만 원의 벌금까지…. 이미 독재가 시작되었음을 느낀다.

지난 8월 9~10일에 중국 우한 사람들을 대거 입국시킨 것이 문제라는 의사의 말도 무시한다. 모든 부분에서 엉망진창이다. 무엇보다 좌파운동권에 있던 사람들이 정부 요소요소에 주류를 이루고 있으니 기본적인 교양은 이미 물 건너간 지 오래다. 돌아오는 8월 14~16일에는 집회 대신 광화문부터 서울역까지 걸으면서 1인 시위를 할 예정이다.

코로나 검사 숫자를 늘린 결과 확진자 수가 많다는 핑계로 정부는 수단 방법을 가리지 않고 사람들이 모이는 것을 최대한 막을 것이다. 소식에 의하면 지하철과 버스도 집회 부근에서는 정차를 못하게 한다는 얘기가 들린다. 불법이 성하는 세상, 악함이 끝이 없는 세상, 정의가 사라진 세상이다. 그나마 믿었던 기독교계마저도 좌파로 물든 목회자로 가득 차 있음에 가슴만 답답하다.

그러나 하나님의 계획은 대한민국을 통해 세계복음화를 이루실 줄 믿기에 소망을 갖는다. 몇 해 전 다녀왔던 튀르기예의 카타콤이 생각난다. 정부의 기독교 탄합을 피해 땅굴을 뚫어 지하에서 예배를 드린 흔적이 있었다. 한 사람이 간신히 빠져 나갈 협소한 구멍으로 수십 미터 내려가니, 진흙 벽 한가운데 십자가가 그려져 있었다. 믿음을 지키기 위한 흔적이었다.

대부분의 교회들은 정부가 시키는 대로 비대면 예배를 드리고 있지만 이것이 교회탄압이라는 것을 모르고 있음에 안타깝다. 잘못된 것을 잘못되었다고 말하지 못하는 벙어리 목사들의 침묵을 보며 주님은 얼마나 마음이 아프실지…. 그러나 하나님은 사사 기드온의 300용사로 십만이 넘는 미디안을 물리친 것처럼 눈물로 기도하면서 싸우는 진실한 크리스천을 통해 승리를 주실 줄 믿는다. 여리고성을 돌던 이스라엘 백성처럼 광화문에서 서울역까지 걸으면서 기도할 것이다. 애국국민들의 가슴에 뭉쳐있는 아픔을 주님께서 헤아려 주시리라 확신한다.

교회 핍박

교회 핍박이 날로 더해간다. 자유민주주의 국가에 종교의 자유가 있음에도 정권을 쥐고 있는 여당은 막무가내다. 교회를 격렬하게 탄압하던 서울시장의 의문의 자살이 핍박받았던 성도들에게 조금이나마 위안을 주고 있다. 하나님은 공의로우시니 자녀들의 울부짖음에 분명 응답하고 계심을 느낀다. 지금까지 신앙을 지킨다는 것이 얼마나 소중한 것인지 뼈저리게 느끼지 못했다. 내가 열심만 내면 얼마든지 신앙을 지킬 수 있었고 그 누구도 예배를 방해하는 모습은 찾아보지 못했다.

현재 거룩한 예배드림에 자유가 없어지고 있음에 너무도 마음이 아프다. 정부는 교회 핍박을 노골적으로 하기에 온라인 예배를 드리고 있다. 교회에서는 소수의 인원만 2m 간격으로 앉아 마스크를 쓰고 예배를 드린다. 이렇게 신앙의 광야를 지나면서 믿음의 사람들이 해야 할 것들이 무엇인가 생각한다. 오직 하나님의 말씀만 의지하면서 살기를 바라며 이 시간 찬양 가사를 음미해 본다.

"왜 나를 깊은 어둠 속에 홀로 두시는지/ 어두운 방은 왜 그리 길었는지/ 나를 고독하게 더욱 낮아지게/ 세상 어디에도 기댈 곳이 없게 하셨네/ 광야~ 광야에 서있네/ 주님만 우리 도움 되시며/ 주님만 우리 빛이 되시는/ 주님만 친구가 되시는 광야/ 주님 손 놓고는 하루도 살 수 없는/ 광야 ~광야에 서있네/ 주님 우릴 사용하시며/ 성령님 내 영혼 내 자아가 산산이 깨지고/ 높아지려 했던 내 꿈도 주님 앞에 내어놓고/ 오직 주님 뜻만 이루어지기를/ 오직 주님만 드러나시기를/ 광야를 지나며~"

공산주의 영

사람들은 저마다의 이념과 가치관에 따라 살아간다. "처음 접한 지식이 나중 들어온 지식을 이긴다"라는 말처럼, 공산주의 영을 먼저 받아들인 자들은 아무리 옳고 그름을 얘기해도 알아듣지 못한다. 무조건 자신이 옳다고 한다. 떼를 쓰는 어린아이와도 같다. 예수님의 재림이 가까울수록 사탄이 마지막 발악을 하는 모습이다.

문재인은 박 대통령을 탄핵하고 대통령 자리에 앉았다. 그는 '한 번도 경험해보지 않은 나라를 만들겠다'라는 연설을 했다. 국민들 대부분은 그가 좋은 나라 행복한 나라를 만드는 줄 알았다. 그러나 지금까지 그의 행적에서 대한민국을 공산화로 만드는 과정임이 속속히 드러나고 있다. 경기도 대부분의 땅을 중국인들이 매수할 수 있도록 모든 규제를 열어주어 많은 땅이 중국인의 소유가 되었다고 한다.

중국몽을 꾸는 문재인은 북의 김정은에게 '삶은 소대가리', '겁먹은 개' 소리를 듣고도 아무 말도 못 한다. 지난 10일 박 시장의 자살도 미투로 인한 자살이 아닌 정치권력에 의한 타살은 아닌지 충분히 의심이 간다. 참으로 무서운 공산당이다. 앞에서는 온갖 좋은 말로 미혹시키고 뒤에서는 음흉한 그들만의 음모가 하나하나 이루어지고 있음을 본다. 이렇게 부정한 것들이 속속히 드러나는데도 문재인을 옹호하는 자들은 어떤 사람들인지 참으로 안쓰러운 마음이다. 역사에 남을 미련한 국민이 되지 않기를 간절히 바란다.

지금의 현실을 보면 하나님께서 이승만 대통령을 통해 세워주신 자유대한민국이 비틀거리고 있다. 불의한 일에 끝까지 믿음으로 승리하는 주님의 자녀가 되길 다짐한다. 주님, 이 나라 이 민족을 긍휼히 여겨 주소서! 불쌍히 여겨 주소서! '예수 한국 복음통일'이 속히 이루어지게 하소서!

10. 나는 애국자

마음이 너무 아픈 날

    운동을 위해 앞산에 올랐다. 겨울답지 않은 따뜻한 날씨로 땅이 녹아있어 진흙을 피하면서 운동을 하고 있었다. 여느 때와 같이 이어폰으로 말씀을 들으면서 운동 중인데 50플러스 회원을 만났다. 근 1년 동안 커뮤니티 활동을 함께했지만, 성격도 성향도 나와 전혀 다른 사람이다.

    4·15총선을 며칠 앞두고 운동하던 60대 남성분이 뜬금없이 나에게 "다음 정권은 어디가 될 것 같으냐"라고 묻기에 나는 더불어민주당이 되면 공산국가가 될 수 있기에 절대로 정권을 다시 잡으면 안 된다고 하면서 전 정부 좌파 대통령이 치밀한 계획 속에 학생들에게 학비까지 대주면서 좌파 교육을 시킨 결과 현재 그들이 정치, 언론, 법조계의 정부 요직에서 좌파의 수장 노릇을 하게 되었고 마침내 그 사람들을 등에 업은 문재인이 대한민국을 사회주의 인민공화국으로 만들었다고 말했다.

    그러자 커뮤니티회원이 갑자기 "나랑 안 맞아도 너무도 안 맞는다"라면서 악마처럼 대든다. 나는 가슴이 벌렁벌렁해서 잠시 말을 잊고 있다가 "우리나라 역사를 바로 알면 이해가

갈 것이다"라고 말하니 그는 비꼬듯 그렇게 역사를 잘 알면 국회의원으로 나가야 하는 것 아니냐고 뿜어대기에 "나를 뽑아주면 나갈 수도 있지"라고 했더니 비아냥거리며 실력이 안 되니 못 나가는 것 아니냐며 독설을 뿜어댄다.

나는 영적 어둠의 세력이 이 나라에 팽배하다고 했지만, 말이 끝나기도 전 목회자들의 욕을 얼마나 하는지 마른하늘에 날벼락을 맞은 것처럼 나는 너무도 어이가 없었다. 계속 상대하기엔 마음까지 상할 것 같아 뒤돌아 산에서 내려왔다. 북한 김정은이 정치를 해도 좋다는 그의 말이 일주일이 지났지만, 아직도 내 마음을 아프게 한다. 소화도 안 되고 가슴이 아프다. 나라의 축을 흔드는 좌파의 모습이다.

어쩌다가 이 나라가 이 지경까지 오게 되었는지 참으로 통탄할 일이 아닐 수 없다. 많은 국민들이 눈치채지 못한 일들이 곳곳에서 벌어지고 있다. 그동안 50 플러스를 드나들며 커뮤니티를 만들고 이것저것 배우며 봉사도 해 왔던 모든 것들이 물거품이 되었다. 강의를 할 수 있는 'n개의 교실' 신청도 내가 신학교 나온 것 때문에 취소된 것을 보면 좌파정부가 기독교인을 무서워하는 것이 사실인 것 같다. 이 일을 계기로 사명을 찾아 일하라는 하나님의 뜻임을 알게 하셨음에 감사하다.

서울시 50 플러스재단에 눈먼 돈이 많다고 여기저기서 말들을 한다. 신청만 잘하면 얼마든지 받을 수 있단다. 이 나라를 거덜 낼 생각인지 참으로 통탄스럽다. 일자리 창출이 아닌 돈을 뿌리면서 표를 얻으려는 수작이 보인다. 이렇게 국정운영의 잘못된 일들이 구체적으로 드러남에도 자신의 마음대로 밀어붙이는 모습이다. 벌써 공산국가가 된 것 같아 슬프고 또 슬프다.

그러나 전지전능하신 하나님께서는 자녀들의 기도에 응답하시리라 확신한다. 세계 역사 속 지금까지 하나님을 이긴 자가 없었기에 어느 정도 박해는 있겠지만 승리는 우리 것임을 믿는다. 하루 종일 말씀 속에 안정을 취하면서 저녁에 있을 공수처법이 부결되기를 간절히 기도한다. 주여, 도와주소서!

역사적인 광화문 집회(2019.10)

—

좌파정부의 불의함에 맞서는 광화문 애국집회가 있는 날이다. 주님의 자녀로서 나라와 민족을 위해 불의한 사탄의 세력과의 싸움은 당연한 것이기에 광화문광장으로 향했다. 어떤 이들은 종교가 정치에 개입하면 안 된다고 말하지만, 불의한 것을 바로 잡는 것이 기독교 교리이기에 달려 나갔다. 지하철 역사부터 꽉 들어찬 인파가 심상치 않다.

평상시보다 3배 정도 많은 인파로 지하철이 아닌 지옥철을 타고 가는데, 광화문역이 복잡하여 정차할 수 없다고 서대문 역에서 내리라고 안내방송이 나온다. 조국의 불의함을 묵인하고 법무부 장관에 임명한 문재인 때문에 화가 난 사람들은 이구동성으로 한마디씩 한다. 부부, 이웃, 친구, 아이들과 나온 사람들 대부분은 크리스천이었다.

가슴속 묻어두었던 애국심으로 서대문역에서 광화문 쪽으로 걸어가는데, 얼마나 인파가 많은지 걸어가는 것이 아니라 떠밀려 간다고 표현해야 맞을 듯하다. 엄청나게 많이 모인 인파 때문 집회장까지 들어갈 수 없다고 한마디씩 한다. 나는 젖 먹던 힘을 다해 군중 속을 뚫고 들어가 이순신 동상이 보이는 대형 스크린 앞으로 갔다.

태풍으로 오후까지 비가 온다는 예보도 아랑곳하지 않고, 햇살이 얼마나 밝은지, 하늘은 얼마나 푸른지, 나라를 지키려는 자녀에게 주시는 주님의 은혜임이 분명했다. 목청이 터져라 연사들의 함성을 함께 따라하며 가슴속에 맺혔던 불의함을 분출하는 시간이었다. 생면부지의 사람들이지만 그들을 보면서 "이 나라가 아직은 희망이 있구나"라는 생각이 들었다.

눈물이 나올 정도로 감동적이었다. 공산국가가 된다면 기독교부터 탄압할 것은 자명한 일이기에 어떤 일이 있더라도 자유민주주의 나라가 되어야 한다는 마음이다. 고생을 모르고 자란 우리 자녀들은 저 악한 세력들과 싸울 대담함도, 끈기도 부족하기에 미래가 참으로 걱정이다. 문 정부는 복지정책으로 실업 청년들에게 50만 원씩 준다고 한다.

고기 잡는 법이 아닌 고기를 던져주는 정책이 너무도 한심하다. '고난이 축복'이란 성경 말씀처럼 고난을 헤쳐 나가는 법도 배우면서 자라야 강건하게 살아갈 수 있지 않을까? 한 가정의 살림도 알뜰살뜰 살아야 남에게 빌리지 않고 살 수 있거늘 나라의 곳간을 텅 비게 할 작정인가 보다. 문 정부가 원하는 공산국가가 되면 개인의 재산을 빼앗아 정부에서 관리하면서 살아가는데 기본적인 양식으로만 배급을 주는 정부가 된다.

더욱 기가 막힌 것은 이런 실상을 모든 언론들이 전혀 방송을 안 하고 있다는 것이다. 좌파세력이 언론은 물론 심지어 사법부까지 장악하였음을 피부로 느낀다. 정권을 탈취하기 위해 모든 불법을 강행한 좌파세력은 2년 6개월 전 박 대통령까지 탄핵했고 지금도 국민의 목소리는 무시하고 강제적으로 모든 일들을 처리하고 있는 심히 안타까운 모습이다. 사상과 이념이 정말 무섭다는 것을 다시 한번 느낀다. 하지만 우리의 기도를 들으시는 하나님께서 새로운 역사를 만드실 것을 확실히 믿는다. 할렐루야!

구속집행정지 청원(2020.03)

광화문 애국운동에 앞장서 외치시던 J 목사님께서 문재인의 민낯을 속속히 밝혀냄에 불안했던지 3월 2일 구속까지 했다. 어제는 12일 동안 계시던 종로경찰서에서 구치소로 이감이 되었기에 서초 지방검찰청으로 가서 구속 집행정지 청원서를 작성했다. 마음이 착잡하다. 하늘도 슬픈지 눈보라가 휘날린다.

60~80대 어르신들이 눈보라 속에 나라를 위해 애쓰시는 모습에 더욱 마음이 아프다. 자녀교육을 잘못시킨 자신에게 책임이 있다고 자책하는 분도 계셨고 전교조의 좌파교육을 방치한 우파정치인들이 원망스럽다는 분도 계셨다. 주위를 보니 경찰들로 꽉 차있다. 육체적으로 힘도 없으신 연로하신 분들을 상대로 이렇게나 많은 경찰을 대동했는지 참으로 한심스럽다. 문 정부는 국민의 혈세로 경찰만 등용한 것 같다. 경찰이 '민중의 지팡이'란 말은 옛말이 되었다.

마치 6·25 당시 중공군을 연상케 한다. 엊그제는 애국 집회 팸플릿을 나눠 주고 있는 젊은 여성을 경찰 4명이 팔을 뒤로

꺾어 수갑을 채워 끌고 가는 영상을 TV에서 보았다. 지금까지도 가슴이 떨린다. 어쩌다 나라가 여기까지 왔는지 참으로 개탄스러울 뿐이다. 자녀들과도 이념 때문에 틈이 생기고 있다. 검찰청으로 가는 지하철 옆자리 어머님이 속상해하시기에 이유를 여쭈었더니 광화문집회에 나갔다고 "이제부터는 우리 집에 오지 말라"는 딸의 전화에 마음 아파 하신다.

자신의 이념과 생각이 맞지 않는다고 자신을 낳고 키워준 엄마까지 구박한다. 이웃, 교회, 형제자매. 자녀들까지도 소통할 수 없는 세상이 되어감에 우울해진다. 근 70년 환난 없이 평안하고 따뜻함 속에 살아왔다. 풍요로움에 익숙해져 하나님을 향한 간절함도 없고, 애끓는 기도도 사라지고 오직 자신만을 위해 살아온 기독인들의 진정한 회개가 절실히 필요한 때다.

오, 주여! 저희들의 죄를 용서하여 주소서! 나라가 이 지경인데도 잠에서 깨어나지 못한 자녀들을 깨워주시고 악한 영과 싸우는 주의 군사가 되게 하여 주소서! 먼저는 주의 종들이 회개하게 하소서! 주기철, 손양원 목사님처럼 담대한 능력을 주소서! 모든 성도들이 나라의 위기를 알게 하시고, 악한 주사파 영과 싸우는 크리스천이 되게 하소서! 자유민주주의를 파괴하고 공산주의를 향해 달려가는 문 정권의 질주를 속히 멈추게 하소서! 지구를 위협하는 우한 폐렴이 속히 사라지게 하소서! 예수 그리스도의 이름으로 기도드립니다. 아멘!

폭우 속 광화문 집회(2020.08)
—

　300㎜의 폭우가 쏟아진다는 일기예보가 있었지만, 나라의 위급한 상황에서 폭우도 이유가 되질 못했다. 새벽부터 쏟아지는 빗줄기가 그쳐줬으면 하는 바람이었다. 우산과 우비를 챙기고 태극기와 간이의자도 챙기고 광화문으로 향했다. 코로나 핑계로 불허되었던 집회가 어젯밤 판사의 판결로 허락이 떨어졌다. 수많은 인파만큼이나 끝도 없이 쏟아져 나오는 경찰들이 애국 국민 앞에 겹겹이 진을 치고 있다.

　습한 무더위에 마스크와 우비까지 입고 있자니 숨이 막힐 것 같다. 이 상황 속에 갑자기 장대비가 내린다. 슬픈 현실에 하늘도 슬퍼하나 보다. 그러나 수십만 인파의 힘으로 경찰의 지지대를 뚫고 광화문광장으로 애국국민들이 쏟아져 들어간다. 나라를 사랑하는 분노의 힘이었다. 단상에서는 정치, 경제, 사회, 교육 등 모든 것을 엉망으로 만든 문 정권의 불의를 외치고 있다.

무엇보다 이승만 대통령에 의해 자유민주주의로 시작한 대한민국을 저 붉은 사탄의 세력인 북한 김정은과 손을 잡으려고 불법을 자행함에 분노한 사람들이 연사가 외칠 때마다 태극기를 흔들며 소리를 지르며 환호한다. 이 모습에 눈물이 난다. 우리나라 역사를 되돌아본다. 조선 이씨 왕조 500년이 일제 36년의 식민지로 전락해 버렸다. 하나님은 일본 히로시마와 나가사키에 원자폭탄을 투여케 하심으로 1945년 8월 15일 해방이 되었다.

해방의 기쁨도 잠시 1950년 6월 25일 북한의 남침으로 전쟁이 일어났다. 연이어 당하는 고난으로 폐허가 된 대한민국은 참으로 어렵고 힘든 삶을 살아야 했다. 새벽부터 밤늦게까지 일하지 않으면 살 수 없는 고단한 삶이었다. 그러나 하나님은 이미 평양으로부터 복음이 들어오게 하셨고 수많은 교회와 기독교인들이 생겨나게 하셨고 현재 세계 10위권의 나라가 되었다. 이렇게 잘 사는 대한민국을 악한 주사파 세력들이 망치고 있는데 여기에 동조하고 방관한 국회의원들이 더 원망스럽다.

국민들은 정치인들만 믿고 꼬박꼬박 세금을 내면서 성실히 살아가는데, 지금이라도 정신 차리고 나라와 민족을 위해 헌신하기를 바란다. 이처럼 나라가 망해가도록 아무도 외치지 않고 있을 때 J 목사님께서 선지자로 나타나셨고 현재 대한민국의 실상을 외치시길 시작했다. 집권당의 횡포는 날로 더해가기에 이번 집회를 통해 문재인을 끌어내리겠다고 벼르고 벼른 집회였다. 경찰은 대형버스로 광화문 일대와 청와대로 들어가는 모든 길을 모두 막아놓았다.

결국 집회는 60만의 경찰을 동원한 정부로 인해 허무하게 해산이 되었고 오히려 광화문에 나갔던 사람들을 코로나 확진자로 몰아 병원에 입원을 시키고, 확진자가 많이 나왔다고 교회까지 폐쇄시켰다. 코로나 초기에 중국인의 입국만 막았어도 환자는 발생하지 않았다. 지금까지 정부가 필요하면 코로나를 이용해 집회도 막고 교회도 폐쇄시키고 있다. 상식적으로는 절대로 이해할 수 없는 일이지만 영적으로는 이해가 간다. 지금이 주님의 재림이 임박한 마지막 때이기에, 교회들이 하나로 뭉쳐 기도함으로 대한민국이 세계의 제사장 나라로 쓰임 받기를 간절히 원한다.

비커 속 개구리처럼

—

박 대통령을 탄핵한 문 정권은 대한민국을 사회주의 공산 국가로 만들기 위해 혈안이 되어있다. 국회 180석을 가지고 마음대로 헌법을 개정할 뿐만 아니라 주적인 북한 김정은의 지시를 받아 나라를 해체하는 일에 전력을 다하고 있다. 더 기가 막힌 것은 행정, 입법, 사법부까지 주사파의 세력으로 온통 뒤덮여있는데도 대다수 국민들은 모르고 있거나 알고도 저항도 안 한다. 아예 관심도 없음에 참으로 통탄할 일이다.

내가 초·중·고를 다닐 때만 해도 반공교육이 철저하였다. 학교에서는 공산주의를 반대하는 반공 포스터를 그렸고 간첩들이 뿌린 전단지를 주워 신고를 하면 포상금도 주었다. 6·25 때의 처참했던 상황을 부모님으로부터 직접 들었기에 현실을 보면서 잠을 못 이루고 있다. 6·25 사변 이후 70년이 흐른 지금 자녀들은 공부하고 직장 생활하기에만 바쁘다. 이들은 오직 자신의 일에만 전념할 뿐이다.

당장에 아쉬울 것이 없기에 비커 속에 개구리처럼 자신들이 서서히 죽는 줄도 모르고 있다. 1년 전부터 이 상황을 외치신 J 목사님과 애국우파 국민들이 광화문에서 저항을 했지만, 코로나 핑계로 구속까지 했다. 며칠 전 3·1 국민대회는 아예 집회 허가도 취소되었다. 주사파 일당은 70년의 오랜 시간 그들의 목표를 이루기 위해 민노총을 조직하고 전교조를 만들어 학생들에게 좌파 이념을 심어주며 각계각층 요소요소에 그들의 세력들을 침투시킨 결과 지금의 현실이 되었다. 이렇게 되기까지 국민의 대표로 뽑은 국회의원들과 각 계 각층의 지도자들이 참으로 원망스럽다.

다행히도 주님의 음성을 들으신 J 목사님께서 2019년 6월 시국선언을 하시고 계속된 광화문 집회로 많은 사람들이 조금씩 현실을 알아가고 있다. 나라가 어려울 때 저항했던 교회는 물론 신학교까지 좌파의 침투로 대부분의 교회가 그 힘을 잃고 있음은 참으로 안타까운 일이다. 오히려 문 정부와 싸우는 교회들을 비난하고 있다. 주여, 이 나라를 지켜주시고 예수 한국 복음통일 이루게 하소서!

기로에 선 대한민국

—

어떤 상황이든 계절은 어김없이 봄을 알리고 있다. 오늘이 입춘이다. 한낮이지만 어두컴컴한 날씨에 창밖에는 봄비가 보슬보슬 내리고 노란 산수유가 봄을 알리고 있다. 조금 있으면 분홍색 진달래도 피겠지만 아름다운 계절을 맞이하는 내 마음은 서글프다. 토요일마다 열리던 광화문 집회가 그립다. 문재인의 폭정에 소리라도 지르면 답답한 속이 후련할 것 같다.

나라를 이대로 무너지게 할 수 없다는 국민들이 유튜브로 집회를 하고 있다. 아직 현실에 눈을 뜨지 못한 어리석은 국민들도 있지만, 대다수 국민들은 문 정권의 부패와 부정, 성추행에 대항해 곳곳에서 성토하고 있다. 오는 4월 7일 서울, 부산 시장의 보궐선거로 국민들의 마음이 쏠리고 있는 이때 문재인은 각 동의 통장을 통해 주민자치 기본법(인민위원회 전 단계 작업)을 만들고 있다.

참으로 '한 번도 경험해보지 못한 나라를 만들겠다'는 문재인의 말이 실현되고 있음을 보면서 안타까움을 느낀다. 국민들의 정의로운 투표로 승리하기만을 간절히 바란다. 광장집회가 아닌 유튜브 집회이지만 각계의 연사들이 순교의 정신으로 투쟁하시는 모습에 감사를 드린다. 아름다운 대한민국에서 주님의 뜻을 이루기 위해 각자에게 맡겨주신 사명대로 모두가 힘써야 함을 느낀다.

평택미군기지 수호 집회(2023.07)
—

미군 철수를 외치는 좌파들이 계획한 평택미군기지 집회를 저지하기 위해 수많은 애국국민들은 35도의 폭염에도 불구하고 평택으로 향했다. 외적으로는 평온해 보이는 대한민국이지만 좌파들은 70년을 계획했던 것이다. 1950년 6·25 사변이 일어났고 1953년 7·27 휴전이 되면서 지금까지 공산주의 북한과 자유민주주의 대한민국이 대치상태로 70년이 되는 날이기에 저들도 만만치 않기에 단단히 영적무장을 하고 나섰다.

영등포역에서 무궁화호를 타고 평택에 도착하니 평택역 앞 공원에는 한낮 무더위에 땀을 흘리시며 준비해 오신 도시락을 드시는 모습에 마음이 아리다. 편안하게 지내실 나이에 나라의

위급함에 대한민국을 지키시겠다고 달려오신 분들의 모습이
다. 미군기지 집회장소에 도착하니 전국에서 버스로 지하철과
기차로 오신 분들로 이미 끝이 안 보일 정도로 가득 차 있다.

　자신의 몸을 생각지 않고 찜질방 같은 무더위 속 뜨거운 아
스팔트에 앉아 성조기와 태극기를 흔들며 미군철수 반대를
외치시는 어르신들의 모습이 눈물겹다. J 목사님의 영적능력
있는 연설과 찬양에 모두들 잔치집같이 춤을 추며 즐거워한
다. 이미 악한 사탄의 세력들이 한 방에 물러갈 것 같은 모습
이다. 메인무대 뒤로 가보니 핑크색 띠를 두른 무속인이 춤을
추고 있다.
　주위에는 흰 깃발을 든 좌파들이 웅성거린다. 마침내 성령
님의 역사로 좌파들의 무당 푸닥거리는 꼬리를 내리고 도망

을 쳤다. 할렐루야! 2만 5,000명 나온다고 그렇게 떠들더니 겨우 70명 정도 나와서 굿판을 벌인 것이다. 이 모습을 보면서 우리의 싸움은 악한 사탄과의 싸움임을 확실히 깨달았다.

하나님을 대적하는 사탄이 자신의 때가 얼마 남지 않았음에 발악을 하고 있는 것이다. 이 모든 것이 영적인 것임을 이 땅의 그리스천들이 깨닫고 악의 세력을 물리치기 위해 더욱 더 기도하며 행동하는 적극적인 자세가 되기를 간절히 바라는 마음이다. 주여, 예수한국 복음통일을 이루는 그날까지 우리들에게 성령충만을 주시어 저 악한 사탄의 세력들이 속히 물러가게 하소서!

자유마을 서명운동

—

근 5년 동안 매주 토요일마다 주사파정권에 대항하여 부르짖은 결과 27만 표 차이로 윤석열 대통령이 당선되었지만, 문정권 5년 동안 언론, 사법, 행정부가 장악되었기에 불의한 일들이 차고 넘치는데도 사법부가 잠잠하다. 이로 인해 애국국민들의 마음은 타들어 간다. 이 모든 불법을 해결하기 위해서 잘못된 입법을 되돌리고자 자유마을 운동을 시작했다.

3,515개의 마을마다 회원을 가입하여 총선을 대비하고자 뜨거운 날씨지만 파라솔을 펴고 한 사람 한 사람 서명을 받는다. 우리 동네는 좌파가 많기에 영적전쟁이 장난 아니다. 잠깐이라도 자리를 비우면 파라솔을 뽑아놓으며 방해를 한다. 주사파 세력으로 가득 차 있는 위기의 대한민국을 살리기 위해 안간힘을 쓰고 있다. 나라가 이렇게 되기까지 원인이 있다.

1945년 8·15 해방 후 북한의 지령을 받은 남로당 간첩에 의해 제주 4·3 폭동사건, 여순반란사건, 5·18 광주사태를 비롯 현재까지 나라를 붉게 물들이고 있지만 이미 주사파 민노총에 장악된 공영방송 언론은 위태로운 현 시국에도 사실보도를 외면하고 있다. 오히려 전교조 교육을 받은 젊은이들은 광화문 집회에 나간 부모님들을 차가운 시선으로 바라보기까지 한다.

공영방송만 보는 사람들은 현실을 전혀 모르기에 참으로 안타깝다. 60~70대 애국심이 강한 어르신들만이 약한 몸을 이끌고 뜨거운 햇살 아래 서명을 받으신다. 미군 철수를 반대하신다면 서명을 하셔야 한다고 외친다. 6·25 사변을 체험하신 분들은 공산당의 악랄함을 알기에 즉각 서명하시는 반면에 좌파사상을 가진 사람들은 심한 욕설을 하면서 지나간다. 그뿐 아니라 경찰에 신고하는 사람들까지 있음에 마음이 아프다. 국민의 절반이 좌파 프레임에 걸려들었기에 안타까운 마음이다.

나라가 망하든 말든 애국심이 하나도 없는 사람들과 오직 자신만을 위해 살아가는 사람들이 이 사회에 너무도 많다. 지금의 우크라이나사태가 다음엔 대한민국이 될 수도 있다는 미국의 정치인 캐스퍼 와인버거 박사의 말이 가슴에 절실히 와 닿는다. 이런 현실에 수많은 애국국민들은 역사를 주관하시는 하나님을 의지하며 후손들이 살아갈 대한민국을 위해 남은 삶을 헌신하기를 마다하지 않는다. 나 자신도 자유통일, 복음통일을 이루는 그날까지 열심히 싸울 것을 다짐한다.

유관순 열사의 정신으로(2024.03)

봄이 시작되는 3월의 첫날이지만 꽃샘추위가 옷 속을 파고든다. 그러나 목숨 걸고 대한민국의 독립을 위해 싸우신 유관순 열사의 정신으로 단단히 무장을 하고 광화문으로 달려 나갔다. 이 나라의 밑바닥이 좌파로 인해 뻘겋게 물들어 있기에 어떤 어려움도 핑계를 댈 수 없는 시기인지라, 시청역 3번 출구로 나오니 성난 애국국민들로 발 딛을 틈도 없다.

떠밀리다시피 간신히 시의회 건물 앞 전광판이 보이는 곳에 셋째 오라버님과 쪼그려 앉았다. 움직일 수도 없는 좁은 공간이지만 태극기와 성조기를 흔들며 연사들과 호흡을 맞추며 외쳤다. 기가 막힌 것은 정권도 바뀌었고 이렇게나 많은 인파임에도 경찰이 차선을 넓혀주지 않음에 더욱 가슴이 아프다. 대통령만 바뀌었지 나라의 각 기관마다 좌파들이 장악하고 있음을 피부로 느끼면서 모두들 눈물의 찬양을 부른다.

주여, 언제까지 기다려야합니까? 나도 모르게 눈물이 주루루 흐른다. 이 와중에 찬바람이 거세게 불어온다. 체감온도 영하 15도는 족히 될 것 같다. 그러나 새벽부터 경상도, 전라도, 충청도, 강원도 등 지방과 수도권에서 달려 나온 애국국민들의 함성은 우리를 불쌍히 여기시는 주님의 마음을 움직이기에 충분했다. 이 동방의 작은 나라를 사랑하시는 주님께서 마지막 때 세계복음화를 위한 제사장의 나라로 사용하시기 위한 연단이라 생각한다. 모르드게를 달려했던 장대에 하만이 달린 것처럼 정의로우신 하나님은 우리의 기도와 헌신을 기억하심을 굳게 믿는다.

예배 시간에 부른 찬양의 열기가 이 나라에 가득 찬 사탄의 세력을 녹여 버릴 줄도 믿는다. 수많은 애국국민이 이 땅에 있기에 대한민국의 희망이 보이는 3·1절 광화문집회임에 감사하다. 특별히 올해에는 한반도가 자유복음통일이 되어 북한의 동포를 구출하고, 세계 G2 국가가 되기를 간절히 바란다.

폭염 속 광화문 혁명(2024.08)
—

살인적인 무더위가 근 한 달 동안 맹위를 떨치고 있지만, 이 나라를 공산화시키려는 세력을 저지하고자 생명을 걸고 광화문에 나오신 애국국민들을 보며 그 헌신에 눈물이 난다. 가난했던 나라에서 세계 10위의 대한민국을 이루기까지 수많은 선진들의 노력과 피흘림이 있었던 반면 해방 후 지금까지 좌익세력들과 3대에 걸친 좌파 대통령 그리고 깊이 뿌리내린 북한의 간첩들이 이 땅에 버글버글하다.

애국국민들은 35도의 폭염에도 전국에서 새벽부터 달려 나왔다. 성난 국민들의 태극기와 성조기가 광화문에서 서울역까지 휘날린다. 앞장서신 J 목사님과 연사들의 피 끓는 외침에 또 눈물이 난다. 2019년 10월 3일부터 장장 5년간의 집회다.

이 시각 세종문화회관에서는 윤 대통령의 8·15 경축사가 이어진다. 자유대한민국, 자유통일을 강조하심이 감사하다. 그러나 집권 2년이 지나도록 민주당의 횡포와 4·10 총선이 부정선거였음을 묵인하고 계심에 광화문 집회, 용산 대통령실까지 집회가 계획되었다. 하나님은 나라를 살리려는 자녀들이 애처로우셨는지 이 시각 용산의 하늘은 구름이 덮히면서 바람이 정말 시원하게 불어온다.

오랜만에 느껴보는 시원함에 저절로 입술에서 감사가 터진다. 언제나 곁에서 함께하시는 주님이 계시기에 참으로 힘들지만, 이길 수 있다는 믿음을 주심에 감사하다. 피 터지는 연사들의 외침은 오후 9시까지 이어졌다. 속상함에 분노가 치민 사람들은 대통령실까지 쳐들어가자고 외친다. 갑자기 주위가 경찰들로 가득하다. 대통령실 방향으로는 얼씬 못하게 막고 있다. 이렇게 늦은 밤까지 나라를 지키려는 애국국민들의 강한 외침이 헛되지 않기만을 간절히 기도한다.

나가는 말

숨 막히게 뜨거웠던 8월의 폭염도 오색단풍으로 수놓은 계절에 꼼짝 못 하고 밀려가듯, 저의 인생도 60대에서 70대를 향해 밀려가고 있습니다. 하지만 나 혼자만의 일이 아니기에 위안을 삼아 봅니다. 세월은 유수 같다더니 회갑 기념으로 책을 펴낸 지 벌써 10년, 일상의 느낌을 진솔하게 쓰는 습관이 또 한 권의 책을 출간하게 되었습니다.

글을 쓰다 보면 지나온 삶을 되돌아보면서 내가 이 세상의 어떤 존재인지도 알게 되고, 마음속에 쌓인 내면의 감정들을 글로 털어놓아 밖으로 분출시키는 카타르시스 효과를 얻을 수 있으며 이를 통해 나 자신과 화해하게 되고 나아가 심리적 치유의 효과를 얻을 수 있으며 무엇보다 나의 과거를 고백하므로 오늘이 가벼워질 수 있기에 글을 쓰게 됩니다.

누구든지 아픈 과거를 드러내고 싶은 사람은 없을 것이지만, 그렇다고 꽁꽁 숨길 필요도 없다고 생각합니다. 다만 자신을 고백함에는 용기가 필요하겠죠? 자신의 몸을 씻기 위해서는 지난날의 헌 옷을 과감히 벗어던져 속살을 드러내야 하듯, 과거의 대화를 통해 오히려 그들과 화해를 이루고, 나를 닦아서 마치 천국 같은 아름다운 세계를 열어 나아가야 한다는 것이 나의 생각입니다. 고희에 쓰는 《신애의 들꽃정원》으로 다시금 출발함에 응원과 격려를 바랍니다.

신애의 들꽃정원

초판 1쇄 발행 2024년 10월 04일

지은이 하신애
펴낸이 이낙진
편집 · 디자인 홍성주
펴낸곳 도서출판 소락원
주소 경기도 양평군 강상면 강남로 714-24
전화 010-2142-8776

ISBN 979-11-975284-7-7 03810

• 책값은 뒤표지에 있습니다.
• 파본은 구입하신 서점에서 교환해 드립니다.